阿國在蘇花公路上騎單車

張友漁－著

目錄

作者序　我到底是怎樣的一個人？　張友漁……5
第1部　悔過書……10
第2部　良民……54
第3部　阿國在蘇花公路上騎單車……86
後記……178
推薦文　放下愧疚，覆蓋前科，走出新的人生路　林偉信……184
推薦文　為懵懂的孩子留一扇窗　呂秋遠……189
推薦文　人生永遠可以重新開始　李偉文……192
推薦文　老朋友的新味道　黃秋芳……196
附　錄　蘇花公路的豆知識……202

作者序——我到底是怎樣的一個人？

我到底是怎樣的一個人？

你是否曾經因為一時衝動說了一句刻薄的話傷了別人的心之後，懊惱不已，覺得自己應該不是這樣的人，自己應該是一個溫和有禮、有修養的人，我只是怎樣怎樣才會那樣呀！接下來，這件不那麼完美的事，總是如影隨形，沒完沒了的跟著你到天涯海角。快樂的事常常一溜煙就不見了，痛苦的記憶卻常常滯留。我們曾經試著把那些快樂的事找回來，想再快樂一次，但是啊！那些快樂淡得只剩下模糊的線條。痛苦就不一樣了，你不用去尋找，它會自己一次又一次的跑回來折磨你。

有些事情會被磨成細沙，在夜晚、在睡夢中被篩掉，第二天什麼也沒留下。但是有些事因為太過堅硬或是尖銳而無法消化，它們裝在「昨天」這個容器裡，成為渣滓，日復一日在每一個今天喀哩喀拉的扎得人心裡不舒服。

我們都希望成為一個很好的人，理性溝通，處處講理，但是不完美的事卻從來沒有停止發生。我們都不夠完美，世界上幾乎不存在不犯錯的完美的人。你說了刻薄的話，因為你就是那樣有時候也會說刻薄話的人呀！因為人有很多面向，那樣的你就會在那樣的時刻說出刻薄的話。接受自己有時候也會這麼糟糕，然後告訴自己，下次可以做得更好一點。

每個人都有幾個無法擺脫的昨天。

我也有。

有一天，我想處理從昨天帶到今天那些在我胸口喀哩喀拉扎得我難受的東西，我想來想去，終於想到一個好點子，我給「昨天」下了一個觀點。

昨天，是殘羹剩飯，不宜端上今日的餐桌。

這個觀點彷彿是一劑良藥，我很快的擺脫了昨天過敏症。每一天都新鮮得可以擰出汁來，沒有人喜歡殘羹剩飯。早上醒來，時間停在六點，我們手上握著八分滿的時間，應該用充滿喜悅與鬥志的心情展開這美好的一天，我們應該重新下廚為自己料理最健康、最新鮮的餐點，而不是掃興的將昨天吃剩的、失去色澤和養分的菜餚再端上桌，讓人胃口盡失，覺得今天真是爛透了。昨天是殘羹剩飯的觀點，治療了我的「昨天說錯話過敏症」、「昨天表現不佳過敏症」、「昨天丟失面子過敏症」。

五花八門的昨天過敏症是否從此根治呢？當然沒有，但當它再一次發作的時候，我知道該怎麼對付它了。

你可以為自己的昨天下怎樣的觀點呢？

阿國和林正義在蘇花公路上騎單車，那是台灣最美麗又最危險的一條公路。他們試圖用汗水和肌肉的疼痛來處理他們不堪的昨天。他們的昨天可不是只是「過敏」這麼好治療。他們因為衝動而犯下罪行，這些罪行影響了他人和自己的人生，接受法律的懲處就可以從昨日的泥沼裡脫困了嗎？有沒有一種方法不僅可以治療「昨天過敏症」，同時也可以治療「過去嚴重缺失以致於對自己失望症」？有的，這個藥方就藏在書裡，不過，我得在這裡賣個關子，讀完這本書，你自然就能找到那帖藥方了。

我們經過一個又一個的昨天，有些昨天很美好，有些昨天讓人痛苦失眠。我們每天努力擺脫昨天，是否曾經嘗試放過別人的昨天呢？我們可曾暫時放下偏見，好好的觀察自己憎恨的人的今天是否已經有所不同？

原諒自己和原諒別人，都是人生需要努力的功課。

但願我們踩過一個又一個不堪的昨天之後，能擁有新的智慧，在今天過得更好、更寧靜。

第1部——悔過書

這是一間由老舊的雜貨舖重新裝潢而成的便利商店，位於吳鳳路巷子裡。兩年前還是間充斥著蝦米、醃製品，以及各式各樣雜貨混合所產生的古老氣味的雜貨舖。這年頭誰還要到沒有發票的店舖買東西。改頭換面是必然的。這家店唯一沒有跟上潮流的就是店老闆，店員兼老闆是一個近七十歲的乾瘦跛腳老頭。你走進任何一家便利商店，個個都是俊男美女、聲音甜美親切的店員，這老頭子八成是個鐵公雞，才會連個店員都捨不得請。

從我這個角度看出去，老頭子將身子倚在自動門邊的櫃檯抽著菸，屋外的陽光像曝光過度的底片，蒼白又刺眼，老頭子的影像在強光的對映下形成一個詭譎的魅影。如果他真是個鬼魅，也就算了，可他偏是個固執又偏執又精神不正常的人。

我右手握著利百代原子筆，左手撐住下巴，筆尖輕觸著桌上的稿紙。這張桌子又髒又舊，積了一個世紀沒有清除的汙垢，讓人覺得異常煩躁。這麼惡劣的環境，怎麼會有靈感呢？稿紙上只有悔過書三個字，其他的我一個字也寫不出來。我一遍又一遍的讀著原子筆上的文字：「MITSUBISHI 極細、耐水性、顏料」。心裡忍不住的罵起來：不過就偷一包菸嘛！寫什麼悔過書？

楊治國，民國七十四年十月九日生，於民國九十二年六月五日在梅園便利商店偷了一包長壽香菸，雖然犯了這麼嚴重並且該死的罪過，但是心存仁慈的老闆卻原諒我了，所以，我寫下這份悔過書，保證不再犯相同的錯誤。

這麼簡單的悔過書，不用一百字就寫好了，那個自以為是的老頭子居然要我寫滿五張稿紙，一共三千字。有沒有搞錯？老八股才會相信寫一份悔過書對我的人格建立有幫助。「我保證不再犯相同的錯誤」，事實上是保證不再到你這家便利商店偷東西，而不是保證以後都不再偷東西；就算用白紙黑字寫清楚：我保證以後不會再偷任何東西了。這樣的保證你就信啦？哼，若你真要信了，那你不是腦子有問題，就是沒見過世面。

我今天是背到底了才會被抓到。

「你自己選擇，你要到警察局報到，還是要寫悔過書？」老頭子拽著我的手臂冷冷的說。他的語調裡聽不到憤怒，也聽不到半點仁慈。這種人八成都是冷酷無情之輩。

「我寫……悔—過—書……」我的手臂幾乎就要被扭斷了。白痴也懂得要選擇寫悔過書吧！老頭子甩開我的手臂，從抽屜裡拿出一疊泛黃的、被蟑螂還是其他蟲子撒過尿留下褐黃尿漬的稿紙丟到我手上。

「悔過書要寫滿三千字。要不然你就到警察局報到。」老頭子指著一張靠在商店內部角落的破爛書桌：「你就到那裡寫，寫好了，我看了覺得通過，你就可以回家了。我不怕你逃走，我保留了錄影帶。如果你想和自己鬧著玩，倒是可以試試看，反正生命就像是一個大型的遊樂場，你愛怎麼玩就怎麼玩。到監獄裡見識見識也不錯。」

這個世界真是充滿了恐嚇與暴力，該死的老頭子，你在威脅我嗎？你以為我拿你沒輒嗎？我要控告你綁架，非法扣留我，我還要控告你……對我性侵害。還有，我要偷光你家的東西，再把你塞進馬桶裡毀屍滅跡。三千字的悔過書，我不如去坐牢算了，以前在學校作文課的作文，我最多寫個兩百字，就連老師也拿我沒輒，別想叫我多寫一個字，頂多給我三十分，消消心頭的窩囊氣。分數算什麼東西？就算給我零分我也不在乎。

我今天之所以會偷香菸，並不全然是我的錯，菸商不用負一部分責任嗎？我抽的第一根菸，是從我家客廳的茶几上拿到的，是我老爸的，我老爸不用負責任嗎？他把香菸放在一個十歲孩子

隨手可及的地方，這是一種引誘。所以，這份悔過書，我和菸商和我老爸每人應該平均分配一千字去寫。這根本完全不是我的錯！搞不清楚狀況嘛！

還有你，老頭子，我老爸的菸從哪裡來的呢？是你賣菸給我老爸的，這一連串的錯誤，就是由你賣菸給我老爸開始的，難道你可以置身事外，說這件事完全與你無關嗎？

寫這麼多字，手都痠死了，才兩百二十五個字，三千字的悔過書，哼，我乾脆拿報紙來抄算了。從小到大寫過幾十份的悔過書，我無法記憶到底有哪一份悔過書讓我的生命變得有點意義。我可以舉一大卡車的例子來證明悔過書的荒謬。國小五年級的時候，我把一條黑色的毛毛蟲藏在一個女同學的鉛筆盒裡，我還記得她叫做林靜文，她在上課的時候打開鉛筆盒，嚇得驚聲尖叫，跌下椅子昏倒了。我寫下生平第一份悔過書。我在悔過書上寫著「從此不再抓毛毛蟲嚇女同學」，但是，我沒有說不用蟑螂、老鼠、蜥蜴……這些可愛的動物嚇其他女生。老爸第一次看到悔過書的內容，笑得無法遏止。但是當需要他簽字的悔過書愈來愈多，他就愈來愈笑不出來了。國小六年級，我因為看見校長沒有敬禮，在校長室寫了三遍「我要尊師重道」的悔過書。國中也因為和同學打架、說謊、到福利社買了一個麵包不付錢，寫了五份悔過書。老爸為此不僅撕毀了悔過書，還賞了我幾個結實的巴掌，讓我至今還常常耳鳴。

　　大人們面對犯錯的孩子無所適從，於是要他們寫下悔過書，然後睜一隻眼閉一隻眼的騙自己相信，悔過書可以讓人真正悔

改。哼，他們心裡其實明白得很，悔過書充其量只是安慰自己已經盡心了。如果所有的懲罰都用悔過書，那真是我的美好歲月。但是，三千字的悔過書也真是太扯了。

講到我那個火爆老爸，一點都不像做人老爸的樣子。我老爸是開公車的，那好歹也是一份職業嘛！但是，他從來都不好好開車，每天收到一大堆乘客的投訴，報紙都登出來了，十件投訴案件裡，有九件都是指控我老爸的。什麼乘客上車都還沒站穩就開車，害乘客差一點跌倒；過站不停；無緣無故亂煞車、亂按喇叭；在車上辱罵一個青少年，讓他失去尊嚴……他罵的那個青少年就是阿基，阿基把頭髮染成一頭紫紅色，不巧坐上老爸的公車，老爸劈頭就破口大罵，叫阿基離我遠一點，不要把我給帶壞了，染那什麼頭髮，人不像人鬼不像鬼，像一頭山豬……公車上的人都看著阿基和他那頭像山豬的紫紅色頭髮，害阿基丟盡了面子。阿基氣得一個禮拜不跟我說話，還放話說要炸掉老爸的公車。我因為這件事，一個禮拜沒有回家，我要讓老爸知道，我真的非常生氣他這樣對待我的朋友。有沒有搞錯？我都已經十六歲了，這麼大了，還容易被人家帶壞嗎？別人塞給我一把刀，要我去砍誰，我就會去砍誰嗎？我白痴呀我！哼！搞不清楚狀況。

老頭子悠閒的坐在收銀台前，捧著一本厚厚的書讀著。

「哎，我可以喝瓶水吧！」我對著老頭子提高音量。

「你有錢付就可以。」老頭子眼也不抬一下，語調冷淡的說。

「我如果有錢，就不用偷你的菸了。」我火大極了。

老頭這下子轉頭看我了，他看了我好一會兒才站起來，走到廚房，端了一杯水出來，放在稿紙旁邊。重新坐回原位，捧起書讀了起來。

阿東他們現在一定也在教室裡讀書吧！讀書，全世界再也沒有比讀書更無聊的事情了吧！雖然很無聊，但是如果那時阿基沒有帶著一票朋友到校門口等我，要我一起教訓三年五班那個不識相、搶了阿基女朋友的傢伙，我此刻也還在教室裡讀那些無聊的書吧！因為阿基，我被記了一個大過！我不怪阿基，真的，他只是搞不清楚狀況。我如果怪罪於他，這樣就太沒有江湖道義了。

這個大過讓我很不服氣，我才決定離開學校。別以為我希罕穿著制服坐在教室念書，我一點都不屑去，老實告訴你。

阿基上次闖到學校，塞給我一根球棒，要我往那個眼鏡仔頭上一棒打下去，因為眼鏡仔搶了阿基心儀的女孩子。但是我和那個眼鏡仔無冤無仇，這棒子我怎麼揮得下去？我覺得阿基也得講道理才行，女孩子不喜歡阿基，關眼鏡仔什麼事？這棒子要打也得打在那女孩子頭上嘛！是她不選擇阿基的，是不是？

我的棒子都沒舉過我的腦袋，我只是在旁邊看著，想著我和眼鏡仔沒有仇恨，不該用棒子砸他，這也是一種江湖道義，是吧！但是，我只是抱著一根棒子站在旁邊，竟然也被拉進訓導處，訓導主任不分青紅皂白的痛罵我一頓，還賞我一支大過！

你說，這樣的學校我還要不要繼續念下去？

另外還有一件事，也讓我覺得非得離開學校不可。

除非你這輩子都沒有犯過任何錯，否則你將背著那個汙點走

到生命的盡頭。

在學校大家都怕我也討厭我。我一直到很久以後，才知道全世界的人都以為我的書包裡藏著一把刀。哈，要不是那天跟曾春芳的一段交談，我永遠也不知道，有人放了一把無形的刀在我的書包裡。

「可不可以讓我看一下你書包裡的藍波刀。」曾春芳整個學期難得跟我說上三句話的，她那天不知吃錯什麼藥，居然劈頭就問這樣一句話。

「什麼刀？」我不懂。

「大家都說你書包裡有一把很漂亮的藍波刀。」

「哈，誰說的？」我覺得太好笑了，「誰真正看到那把刀？」

「大家都這樣說。周連勝說他看過，是一把藍波刀，刀柄是藍色的。」

周連勝的話能信？他常常胡說八道，把自己的想像說成他真實的經歷，要不就是把別人的經歷硬說成自己的，鬼才相信他的話。我真不想再和這一群盲目又無知的人當同學。

這個藍波刀事件，讓我感覺到心裡有一種沉重的東西一直往下墜，沉重得讓我覺得簡直無法呼吸了。

生命中的有些記憶，你不必刻意去記它，自然會有一些人幫你記住。這件事，我已經遺忘了很久，但是，總是有一些曾經圍繞在那件事周圍，或者和那件事剛好沾到一點邊的人會不斷的提醒你。於是這份記憶就這樣寄存在別人的記憶裡。

小學五年級的時候，我和學校的校工發生一些爭執，他老說我吊兒郎當，這麼丁點兒大就學會抽菸，將來鐵定沒出息。我

很生氣，拿出口袋裡削鉛筆的小刀朝校工揮過去，在校工的肩膀劃開了一道傷口……第二天，整個世界就開始流傳楊治國會殺人……楊治國的書包裡有一把刀……

一個歐巴桑走進來，在貨架上拿走一瓶醬油，她從一進門就盯著我瞧個不停。

「你孫子啊？」歐巴桑看著我問老頭子。

「我孫子？哼，我才沒那麼好命。」老頭子不屑的說。臭老頭子，我有你這樣小氣又固執的爺爺，才真是倒八輩子楣！

我拿起桌上的杯子喝了一口水，但是一想到是老頭子用過的就覺得一陣噁心。

誰和誰要成為一家人，真是沒得選擇的，上天配給我這樣的老爸，我能說不要嗎？老爸自己全身上下沒有一處是個榜樣，卻一天到晚要我這樣那樣，有沒有搞錯啊！自己把一個好好的家搞得烏煙瘴氣，還要我乖乖留在家裡。留下來做什麼？用兩個鼻孔當空氣濾淨器嗎？還是跟他們三個人拜師學藝？在外面找女人也就算了，動不動就讓那個女的進門和媽媽大吵大鬧，還大打出手，煩得我要死！

老媽一天到晚對我嘮叨老爸如何又如何，要我跟著她數落老爸的不是，要我和她一起揍扁那個破壞別人家庭的女人？有沒有搞錯啊！你們大人的事自己解決嘛！是不是？

有一次我坐上老爸的公車，看見那個女的就坐在駕駛座旁的位置。我生氣的用腳踹門，要老爸開門讓我下車，我不屑坐他開

的車。老爸氣得脫下鞋子就朝我扔過來，我閃開，鞋子砸在一個外省老頭的臉上。老爸差一點因為這樣丟了飯碗！

這樣的家，讓我每天都想離家出走！

「我賒帳可以嗎？我欠你二十塊。這麼熱的天不喝冰的怎麼解渴啊！」我扔下筆走到冰櫃前，準備挑選飲料。

不知是老頭子耳背還是我的音量太小，老頭子沒有聽見我說的話，但是，管他的呢，我非得解除我身體的燥熱不可，否則等我渴死在他的店裡，他就麻煩大了。我拉開冰櫃的門，伸手拿了一瓶大罐的罐裝烏龍茶，忽然聽見老頭子從櫃檯的方向大聲的喝斥著：「你要幹什麼？」我真是氣死了，我不過拿瓶烏龍茶，怎麼……我轉過身去，一個戴著安全帽的男子舉著一把冷森森的西瓜刀逼迫老頭子交出錢來，驚嚇立即在我胸口凝結。我停止呼吸了好幾秒鐘，回神蹲下，一顆心猛烈的跳著，我看見自己緊緊握住烏龍茶的手在顫抖。

「你這個社會敗類，有手有腳不去工作養活自己，搶劫！你根本就是個垃圾，別想我給你半毛錢……」在這種時刻，這個老頭子居然一副天生傲骨的模樣，他不知道閻羅王已經派出黑白無常上路，準備逮捕他了嗎？我小心翼翼的從另一個貨架背後繞到靠近櫃檯的位置，正巧看見那個被激怒的搶匪高舉他的西瓜刀就往老頭子的左側肩膀砍下，老頭子慘叫，嘴裡還不停的罵著：「垃圾……」

「這是你自找的。」搶匪惱怒的說著，再度舉起西瓜刀，就要往下砍的時候，我不知從何而來的勇氣與蠻力，從貨架後面竄

出來，高舉罐裝的烏龍茶就往搶匪的右肩打下去；搶匪禁不住這猛力的一擊，手上的刀震落地上，刀子砸在我右腳的腳背上。這人只仗著一把西瓜刀恐嚇別人，其實身體的力氣弱得很，三兩下就被制伏在地上。這得歸功我在學校與同學的打架訓練，才有今天這樣俐落的身手。我的下巴被他的手肘猛力撞擊了一下，牙齒咬到下嘴唇，疼得厲害，感覺它已經腫得像小黃瓜那般大了。

老頭子痛苦萬分的拿著一綑紅色的尼龍繩給我後，立即虛弱的坐倒在地上，他的肩膀滲出一大片暗紅的血。我發現我的手顫抖得很厲害，連用尼龍繩把搶匪的雙手反綁在背後都綁了老半天，擔心搶匪跳起來，最後我連他的腳也綁了。確定搶匪無法掙脫後，我打電話報警，並請他們立即派救護車過來。

「你別擔心，救護車馬上來了。只砍一刀，放心啦！你不會死的。」我對躺在地上的老頭子說。他衝著我露出一個極難看又痛苦的笑臉。我猜他一定痛死了。肩膀的刀傷又深又長，看來有二十公分吧！

我真的不知道我為什麼要這樣做，也許見義勇為是人的本能吧！也許也許也許……也許我只是不想讓任何人在我面前死去罷了。等待救護車到來之前，我順手拿了一包菸塞進口袋。我看了一眼老頭子，他幾乎痛得昏死過去，一張臉變得好蒼白。他不會就這樣死了吧！我蹲下來，焦慮的碰碰他的手：「哎，你撐著點，救護車就要到了。」

搶劫犯躺在地上不斷的掙扎謾罵：「你這個臭小子，我會給你好看的，一定會給你好看的，你給我小心一點。」

我撿起地上的烏龍茶，朝搶匪戴著的安全帽用力的敲了兩

下。「誰給誰好看哪！你搞清楚，在監視器裡我一定比你好看，監視器……」我猛地想起什麼，抬頭看監視器，再看看躺在地上的搶匪，想到錄影帶！這傢伙犯案的過程一定被錄影機錄下來了吧！萬一待會兒警察要取走錄影帶當證據，那怎麼辦？那卷錄影帶上有我啊！這下子我不是馬上從英雄變成狗熊了嗎？不能讓警察拿走，我必須先下手為強，把帶子先拿到手再說。我迅速跳進櫃檯，尋找監視器的播放機和錄影帶。翻找了一下，沒有，我走到店裡找了一下，也沒有。當我準備上二樓，剛走三個階梯，門外便響起警車和救護車的鳴笛聲，我上樓不是下樓也不是，看見停在門口的警車走下三個警察。幹！我萬般悔恨的握緊拳頭，朝空氣揮了一拳後，立即轉身下樓。我只有一點點時間拿走放在桌上、已經寫了三張稿紙的悔過書。

老頭子被抬上車，我杵在原地不知如何是好，我可不想跟去醫院，這老頭子跟我一點關係也沒有。

「你也上去，先去擦藥，回頭再做筆錄。」有個警察對我說。他指指我的嘴唇和我的右腳，右腳的白布鞋不知何時滲出一片壘球般大的血漬。腳指頭這時候開始麻疼起來，我猜我的腳指頭可能報銷了。

坐上救護車後，我開始發抖，我不是害怕，而是緊張，擔心警察拿走錄影帶。但是緊張沒有用，救護車已經極盡所能的用它最快的速度離開商店。

車上的救護人員開始幫老頭子急救，老頭子閉著眼睛，蒼白的嘴脣微開，我一度以為他死了，老人家是禁不起這一刀的，而且他流了這麼多的血，這些血幾乎是這個乾瘦老頭所有的血吧！

嗚笛一路響著，路上的車輛紛紛往左右兩旁退讓出路來，救護車闖了幾個紅燈後，停在中華路高雄婦幼醫院急診室門口。老頭子很快就被推進去急救，我則跟著警察走進去，沒多久有個年輕的護士推著一車的醫藥用品到我身邊，叫我把鞋子脫下來。我有些難為情，我沒有穿襪子的習慣，腳丫子又特別容易出汗，腳在鞋子裡還好，一脫下來，在方圓十里範圍活動的人，都可以聞到我的腳臭，尤其在護士小姐面前更叫人覺得丟臉。「快點脫下來啊！」年輕的護士催促著，聲音聽起來又兇又潑辣，剛剛對她的那份好感減去了一半。好吧！就脫下鞋來臭死你！一脫下鞋，一股又酸、又霉的臭味立即撲鼻而來，護士拿起一只口罩戴上，我的腳指頭被掉下的刀割開一道寬兩公分深一公分的傷口，那塊肉幾乎被切下來了。

旁邊的警察搓揉著鼻子，皺著眉頭問我：「告訴我事情是怎麼發生的？就從你為什麼會在那裡開始說。」

我為什麼在那裡？我為什麼在那裡能說嗎？我能告訴警察我偷了一包香菸，老頭子罰我寫一篇三千字的悔過書嗎？我真是倒楣到了極點才會在這裡，嘴唇破了，腳指裂了，還被警察當犯人一樣的質問我為什麼會在那裡？護士小姐粗手粗腳的替我的腳指頭擦藥，我誇張的唉叫一聲，在我還沒有想到該怎麼回答我為什麼在那裡之前，我可以一直不斷的喊痛，增加一些思考的時間。不過，這護士的確一點也不溫柔，她不知道在我的腳上塗了什麼該死的東西，一陣錐心的痛直搗腦門，我誇張的叫了起來。護士小姐並沒有理我，反而很不屑的看我一眼，低下頭來把我的腳指頭用紗布纏成一個土芒果那麼大。右腳的鞋穿不下去了，我只好

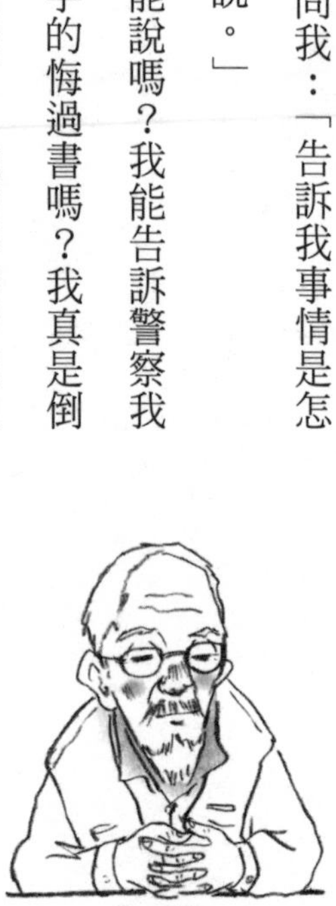

一直用手拿著。

「嗯，可以說了吧！」警察冷冷的說，那口氣好像在審問一個犯人。這個警察真沒良心，我幫他們逮到一個搶劫犯耶！

「我常常去那裡買東西，和老頭子認識，但是，不是很熟……」我靈光一閃，覺得這樣說最恰當，就算老頭子清醒過來也無法否定這點。接著我開始述說搶匪何時闖進店裡，當時我在哪個位置，老頭子如何辱罵搶匪，說到精彩處我還誇張的學起老頭子挺著胸膛罵搶匪敗類、垃圾的固執模樣。

「他如果不這麼罵人，就不會被砍了。誰受得了被人罵垃圾。」末了，我加了這句。

「我可以走了嗎？」我問警察。

「可以。有什麼事的話，我們還是會請你幫忙。」警察說。

現在趕回去店裡不知道是否還來得及拿錄影帶？會不會已經被警察拿走了？應該早被警察拿走了吧！也有可能老頭子把錄影帶藏得妥妥當當的。我的心情七上八下不知怎麼辦才好。

我拿著那隻沾了血跡的右鞋，跛著腳走到手術室，老頭子剛從手術室裡推出來，昏迷中。護士小姐要我多留意，待會兒病人從麻醉中醒來會很痛，可以喚護士打支止痛針。我說我又不是他的家屬，我自己的腳也受傷，而且我現在就要走了。護士小姐看看我，嘴裡雖然沒說，臉上卻流露出一副我怎麼這麼沒有愛心的表情，看了讓人有點生氣。但是我才懶得理她呢！我是真的要走了，我沒有照顧老頭子的義務，我得回去寫悔過書，這是我和他唯一有所牽扯的東西。

我停住腳步，發現自己沒有繼續寫悔過書的理由了，我偷了

他一包菸，但是我也救了他的命，功過相抵，老頭子還欠我一份情呢！一包菸怎麼和一條命相比？為了讓這件事及早落幕，我願意在這樣不平等的事件上妥協，我不索討他欠我的那份人情，只希望他把錄影帶交出來，讓這件事情快快結束，好讓我從此擺脫悔過書的惡夢。想到可以擺脫那份討厭的悔過書，我腳步輕快的幫著護士推動老頭子的病床，等他清醒，我得和他把這件事做一個了結，從此互不相欠。

我坐在老頭子病床旁那張鏽痕斑斑的鐵椅子上等了二十分鐘，老頭子還沒有醒來。隔壁病床的病人問我是不是老頭子的孫子？不是。我不太耐煩的說。他又問我，是不是他的兒子？很多人老年才得子的。我回答不是的時候，臉色一定很難看。我倒了八輩子楣才會做他的孫子或兒子。還好，他沒有繼續問我，我究竟是老頭子的什麼人？為什麼會在這裡？但是接下來，他卻問了一個讓我很為難的問題：「小弟弟，我的特別看護出去買東西，我現在想要尿尿，你可不可以幫我一下？」

我最討厭別人叫我小弟弟，那種掛著兩條鼻涕，還吵著要吃棒棒糖的小男孩才是小弟弟，我已經十六歲了，如果你想要有人幫你拿那個噁心的尿壺，最好是叫我小哥或是先生，否則你就得憋到尿床。但是，我還是走到他的床邊彎腰拿起尿壺遞給他。

「我胃出血昨天才開刀，現在沒辦法彎腰，你可不可以……」

我愣在那裡，腦子一片空白，他是要我幫他把命根子塞進尿壺裡！我一百個不願意，我和他連鼻屎大的交情都談不上，如果說真要有所交集，那也只是我坐在這間病房裡，和他一起呼吸醫院裡骯髒且佈滿病菌的空氣罷了，這根本不足以構成理由。如果

不是為了那卷該死的錄影帶，我真想立刻消失在這間病房。

「我幫你拉呼叫鈴，護士會幫你的忙。」看到床頭的那條呼叫繩，我真是鬆了一大口氣。我用左手扯了兩下，幾秒鐘後傳來護士小姐的聲音：「什麼事？」

「這個老先生要尿尿，他胃出血開刀，沒辦法自己尿。」

「他的看護呢？」

「她去買東西了。」

「你是誰？」

「我？我在等隔壁病床的病人醒來。」

「那你可不可以幫他一下？」

「我？」

「是啊！現在護士都不在，你就幫他一下，只是尿尿而已嘛！

好啦！你幫幫他，算是日行一善嘛！」

這個老人好像我欠他似的眼巴巴看著我，我真是世界上最倒楣的人，窩囊透了，如果早知道偷這一包菸要付出幫別人拿尿壺的代價，我寧願一輩子都不抽菸。我掀起老人的棉被，他穿著醫院的粉紅色病人服，衣服下面什麼也沒有穿，我直接用尿壺的壺口把他的命根子撥進去。「你可以尿了。」我說。

我費了很大的勁兒才壓抑住胸口那股如巨浪般掀起的厭惡，尿壺開始有了重量，老人尿了一世紀終於尿好了，我拿著沉沉的尿壺，不敢多看一眼，直接拿到廁所倒掉。一肚子窩囊氣。我幾乎是用扔的把尿壺丟回床底下。我走出病房，決定站在走廊等，老頭子醒來喊痛我一定聽得見。我才不想待在裡面任人使喚，要不然待會兒那個老人要拉屎要抓癢，打死我也不願意幫他擦那臭

死人的屁股。

病房裡傳來哼哼唉唉的聲音。我走進病房，老頭子醒了，一張老臉因為疼痛而皺成一團，讓原本就佈滿皺紋的臉，看來更加蒼老。

「人家要錢你給錢就好了，幹嘛跟自己的命過不去。你不知道那些搶匪都是狠角色嗎？」我說了老頭子兩句，希望他以後遇到相同的狀況時，不要那麼死愛錢。老頭子沒有回答，依然皺著一張臉。

「你很痛是不是？要不要打止痛針？」看老頭子一臉痛苦的樣子，一定沒辦法和我談悔過書和錄影帶的事。提到止痛針，老頭子努力的點點頭。我拉了呼叫繩請護士過來。護士幫他打了止痛針後對我說：「他要放屁以後才能吃東西。」

「他放屁關我什麼事？我等一下就要走了，你們是護士應該自己留意他到底有沒有放屁。」今天是怎麼回事？怎麼淨和排泄物脫不了關係。

「你不是他的孫子？」護士小姐懷疑的問。

「不是。我和他沒有任何關係。」

護士沒有多說什麼便走出病房。老頭子閉著眼睛，止痛針發生作用了，老頭子皺成一團的臉稍稍舒展開來。

「我要跟你研究一件事。今天發生的事可以抵一份悔過書和一卷錄影帶吧！悔過書我不寫了，你把錄影帶……那卷有我和長壽香菸的錄影帶給我，免得有一天你哪根筋不對，把我送進警察局。」我說。

老頭子睜開眼睛疲倦的看著我：「我告訴你，悔過書和這件

事無關，你還是得寫。」老頭子閉上眼睛休息一下後接著說：「三千字，一個字都不能少。」

我真的不敢相信我的耳朵聽到了什麼，為了不讓鄰床病人聽到，我用力壓低聲音：「老頭子，你搞清楚沒有？我救了你的命耶！就算你把整間便利商店送給我做為酬謝都不過分了，居然還要我寫悔過書，你這個忘恩負義的老傢伙。」我怒火中燒的噴出火氣來。

難道收集十份悔過書可以兌換一箱統一麵，而老頭子目前就缺我這份嗎？要不然，他幹嘛這麼堅持非要我寫悔過書不可？糞坑裡石頭變身的臭老頭，不知感恩的老傢伙。早知道，那時候就讓那個搶匪一刀把你給砍成兩半，我真是頭殼壞了才會冒著被砍死的危險救他！

「你救了我的命，等我出院一定會報答你的。」老頭子痛苦的擠出了這句話。

「好啊！你不是有錄影帶嗎？交給警察啊！」我說。「我前一秒鐘是個小偷，後一秒鐘是個制服搶匪的英雄，我英勇的行為透過電視在全國觀眾的面前公開，誰還會記得我是個小偷，這叫將功贖罪，你懂嗎？」我賭氣的說。

另外，一旦電視播出了，我那冷漠無情的老爸終於可以看他兒子一眼，並且以我為榮吧！

老頭子有氣無力的說：「那好啊！你就等著當英雄好了。」

老頭子閉起眼睛睡著了。我推了推老頭子的肩膀。「你不要睡呀！你把話說清楚！幹！」我氣得用右腳狠狠的踢了一下床腳，忘記那隻腳受傷，痛得唉叫一聲，蹲在地上久久站不起來。

媽的，真夠烏煙瘴氣的了！

想到老爸，一顆心就往下沉。只要不讓他知道我在外面幹了什麼事，日子還是可以過得相安無事的。如果讓他知道自己有個小偷兒子，一定會比核電廠爆炸還要來得驚天動地。但願錄影帶不要被警察拿走才好。

老頭子睡了三十八分鐘後醒來，一醒來就要尿尿。他痛得咬牙切齒的挪動屁股想要下床，這個老傢伙真是固執，死都不願意開口求人。

「你要尿尿對不對？你想自己下床，好啊！自己下來。你看，你根本就下不了床。」我拿起床底下的尿壺，有了剛剛幫隔壁病床老人解尿的經驗，這回真是駕輕就熟。老頭子尿完後，皺著眉頭閉眼歇息。

「你不必留在這裡，回去寫你的悔過書。」老頭子說。

「我不要寫悔過書，我要錄影帶。」

「要錄影帶，拿悔過書來換。」

「你可不可以給我一個理由，為什麼我非寫悔過書不可？」

我看看隔壁病床的老頭，他閉著眼睛好像睡著了，但不確定他是不是真的睡著，我用盡全身的力氣壓抑翻攪的怒氣，然後壓低聲音說：「你真的天真的以為寫了那份悔過書，以後我就不會再偷東西了？如果你這樣想，就大錯特錯了。我從小寫過的悔過書，我的手指頭加腳指頭，再加上你的手指頭和腳指頭都不夠數……」

「我不管你以前寫過多少悔過書，我的這份你非寫不可，別忘了，我有錄影帶。」

真想朝老頭子受傷的肩膀狠狠的給他一個拳頭。

「好，我就回去寫悔過書，三千字是不是？好，我就給你一份三千字的悔過書，你以為我不會寫是不是？我就寫給你看。我懶得再跟你糾纏了，寫完這份悔過書，我一輩子都不想再看到你了。」

「我也是。」老頭子淡然的說。

臭老頭子！真是氣死我了。

我一肚子窩囊氣的離開病房，如果我早下定決心要寫這份悔過書，就不會這麼委曲求全的成為病人把屎把尿的看護工。今天真是背到極點了。

我一跛一跛的走出醫院，下午三點，夏日的熱氣停滯在空氣中，沒有一絲流動的風可以捎來一點涼意。中華路兩旁的鳳凰木上紅豔豔的鳳凰花構築成一個喜氣洋洋的拱門，以前經過這個路段的時候，心裡總是充滿幸福，有一種被祝福的感覺。但是，現在映入眼簾的鳳凰花，讓人眼花撩亂的紅，讓我像一頭發怒的鬥牛，一股躁氣在胸腔裡翻攪，急欲找到發洩的出口。腳指頭打著悶鼓似的隱隱作痛，腦子暈暈眩眩，肚子咕嚕咕嚕的抗議著，我把手上那隻沾了血跡的臭鞋扔進路旁的垃圾桶裡，這鞋又髒又舊，現在又多了血跡與刀痕，以後再也不會穿它了。

坐上五路公車，下車後一眼就看見爸爸的機車停在巷子口，他今天回來得還真早。我猶豫著要不要上樓，拿出口袋的菸，甩出一根銜在嘴裡，從口袋裡拿出打火機點上，吸了一口，菸有點嗆，連忙咳出來，這菸，怎麼這麼難聞？我再嘗試性的吸了一口，再度咳出來。我把菸丟在地上，用鞋踩熄，直到那根菸體無

完膚為止。接著我看到手上那包菸，一股令人窒息的厭惡與煩躁從胸口蜂擁而起，我把那包菸也扔到地上，用腳踩扁後，一腳踢到馬路上，一輛路過的車子立即輾過它，我的心裡有一種痛快的感覺，罪魁禍首已經就地正法。

過馬路的時候，因為心不在焉，一輛腳踏車輾過我的左腳，還好不是輾過我的右腳，否則我一定會把他從腳踏車上拖下來，狠狠的揍上一頓。騎腳踏車的人好像正要去旅行的樣子，車子前後披披掛掛著許多的車袋。

「請問，台南怎麼走？」腳踏車騎士客氣的問我。

「你走錯了，往回走，繞過圓環，走左營大路，然後一直走一直走，就可以看見往台南的路標，到時候你跟著路標走就對了。」我用手指著左營大路的方位說。

「謝謝。」

「你要去環島旅行嗎？」我好奇的問。

「是啊！我從台北繞過東部，現在要從西部回台北。」

「騎腳踏車旅行，很累吧？」

「是很累，但是好過癮。」

「剛剛你的腳踏車車輪輾過我的左腳。」

「啊！真的嗎？對不起，我沒有注意。」腳踏車騎士看到我腫成像芒果那麼大的腳指頭，提醒我：「你的腳在流血。」

「我知道。」我低頭看了一眼，傷口一定裂開了，血把紗布都染紅了。

腳踏車騎士再一次向我道謝後，往左營大路騎去。我沒有回家，朝九如四路的方向走去，直接來到老頭子的便利商店。店面

的鐵門已經拉下，看來老頭子的朋友幫他把一切都清理妥當了。我繞到後門去，那裡陰暗潮濕，鐵門的兩旁堆滿了老頭子棄置的紙箱、舊桌子之類已經不能使用又捨不得丟掉的東西，只留下一條足夠一人行走的走道。當初我也是看上這層掩護，潛入樓上偷了老頭子兩萬塊；這回光明正大的走進店裡，口袋裡的銅板只夠付一條口香糖的帳，見櫃檯沒人，伸手拿了堆放在櫃檯旁的一包長壽菸，誰知道老頭子正蹲在櫃檯底下，一起身就攫住我的手臂。

鐵門的鎖已經生鏽，我拿出我的法寶——耳掏，用扁平的那一端插進鑰匙孔裡撥弄兩下，門就開了。這開鎖的技巧，是阿基教我的，阿基是個了不起的傢伙，會開好多種鎖。

屋裡一片漆黑，我不敢開燈，摸到一把手電筒，再拆開兩個新電池。我走上二樓，二樓有兩個房間，一間鋪著木板的是一個大通鋪，另一間是老頭子的臥室，裡面擺著簡單的一張床、一個塑膠衣櫥、一張大書桌，其中一面牆排列著四個大書架，書架上整齊的排列著各種書籍，其中一個書架上全是武俠小說。臭老頭子，這麼多書，去開書店算了，開什麼便利商店。我翻遍了每一個抽屜，順便把抽屜裡擺著的十三張的千元鈔票塞進口袋裡。

咦？怎麼沒有看到錄影帶的蹤影？

我把塑膠衣櫥裡的衣服全拉出來，還是沒有錄影帶。整間屋裡一卷錄影帶都沒有。我有一點生氣，彷彿明白了些什麼。我回到一樓，很輕易的在角落的天花板上找到了監視器的位置，沿著監視器的電源線尋找，卻發現那條繞過牆壁延伸到二樓的電線，在二樓樓梯的轉角就斷了。根本沒有錄影帶，這監視器是假的，

裝模作樣嚇唬人用的。一股無名火在胸口轟然點著，我居然被這老頭騙得團團轉！什麼悔過書、什麼錄影帶，幹，臭老頭，全都是謊言！為了根本不存在的錄影帶，我委屈求全的求了你大半天，居然還幫你拿尿壺！臭老頭，居然耍著我玩，我要你為自己的謊言付出代價！

我怒氣沖沖的跛著腳走下樓梯，受傷的右腳不知撞上什麼，痛得我咬牙切齒，沉睡在心底那頭憤怒的野獸隨著劇痛被喚醒。我在貨架上摸索，摸到一個打火機，拿了一份舊報紙，用因為憤怒而顫抖的手點燃，然後再度從後門溜出去。我開始跑了起來，由於全身不住的顫抖加上右腳的傷，根本跑不快，我在距離便利商店約一千公尺的地方停下來，坐在被太陽曬得發燙的地上喘氣，身體因為恐懼不由自主的顫抖著，包裹著腳指頭的白色紗布已經染了一大片血紅。十分鐘以後，兩輛消防車從我眼前呼嘯而過。行道樹上的蟬用比平常放大十倍的音量鳴叫，讓我的耳朵如針戳刺，頭腦發脹，疼痛欲裂。

該死的蟬！才六月就叫得這麼聲嘶力竭。

第2部——

良民

夏天的陽光刺辣辣的，一早就讓人汗濕了襯衣，我走進便利商店買了一杯大杯可樂，狠狠的啜飲一大口，辣燙的感覺通過喉嚨抵達胃部，消了幾分暑氣。但是這只是口腔受到冰塊的作用，將瞬間涼快的感覺傳到大腦中樞，大腦中樞即刻通知身體其他感官，身體現在處於涼快的反應。大腦中樞只負責傳遞訊息，並不負責維護體內的溫度平衡，任憑你因為瞬間降低身體的溫度而導致各部器官急速收縮形成的破壞。就像一個人做出錯誤的判斷，

阿國在蘇花公路上騎單車

卻得賠掉美好的人生一樣。

喝完可樂，我左手仍然緊緊的握著空了的大紙杯，目光掃射四周是否有垃圾桶，但是放眼望去，居然一個垃圾桶也沒有，沒關係，我會一直拿著它，直到找到一個垃圾桶為止。我是個循規蹈矩、不隨便亂丟垃圾的好市民，我絕對不會為了要讓兩隻手輕鬆晃悠而將紙杯扔在地上妨害市容觀瞻，我寧願忍受短暫的不便一直拿著它，希望剛剛走過我身邊的那名女士能發現這點。我得過馬路走到對面的法院去，紅綠燈亮著紅燈，我守規矩的等著。愛河的臭味隨著微弱的風飄送過來，愛河已經病入膏肓了，換上一百任市長，我也不認為能救活愛河。法院前停著一輛警車，一個警察坐在車子的駕駛座上。我的身後有個中年男子，對紅燈失去耐性，他迅速的左瞧右望，沒車，便大搖大擺的闖紅燈走過馬路。我是不會這麼做的，就算法院前沒有那輛警車，警車裡沒有坐著警察，我也不會這麼做的。我安分守己像隻溫順的小白兔，認識我的人都知道這點的。

綠燈亮了，我走過馬路，走進高雄地方法院土黃色的長方形建築，將紙杯扔進法院大門旁的垃圾桶裡。我拿著報到的公文詢問服務台的小姐，三十七法庭在哪裡？她說往後走到最後一扇門旁有個走廊，走進去就到了。我在走廊上尋找三十七法庭，九點半，距離開庭時間還有一個半小時，我來早了。不管和任何人約見面，我通常都會早到的，尤其這是我生平第一次踏進法庭，早到總比遲到好。走廊座椅上零零落落的坐著一些面無表情的人，法庭的走廊又長又冷又寂靜，通往陰間的道路也不過如此。我的皮鞋叩叩叩的響在長廊上，有些人抬起無精打采的臉看我一

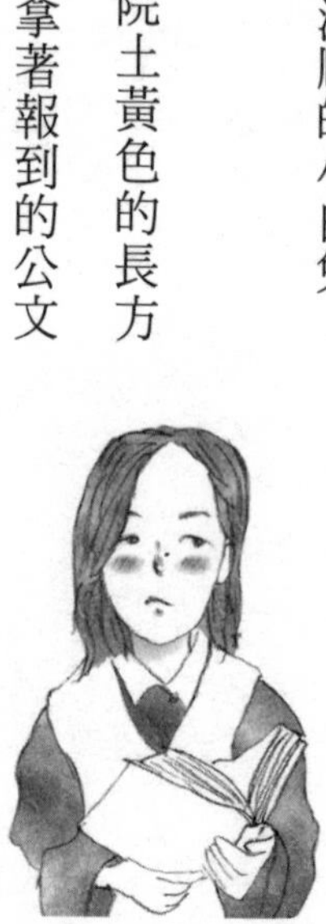

眼，再度垂下臉，每個人心裡都埋藏著不可告人的小奸小惡。我們彼此猜測對方心裡藏著的惡。坐在椅子上等待的、在走廊上走動的，全都是一些聰明才智低等、作案手法拙劣的倒楣鬼；你千萬不要把我同他們歸類在一起，我並不是犯了什麼十惡不赦的罪才會到法庭來接受審訊；我為什麼在這裡？這只是我的良心出現了一點小瑕疵，我小小的良心一時受到烏雲蒙蔽，一念之差讓我做了一件小小的錯事——順手牽羊拿走了同事小馬抽屜裡的一疊千元鈔票，我數也沒數的將錢塞進褲子口袋，才轉身就被小馬逮個正著。口袋裡的鈔票有一萬八千塊，其中有兩千塊是我的，但是，小馬裝糊塗表明不是很清楚抽屜裡有多少錢，這叫我怎麼說呢？

三十七法庭在走廊的盡頭向右拐再往前走幾步就到了。三十六法庭和三十七法庭的門口中間坐著一個警察，負責辦理報到手續。我讀著張貼在外牆上三十七法庭當天審理的訴訟案件，我來早了，我有很多時間讀完它。傷害、詐欺、搶奪、強盜、竊盜……竊盜……我的名字下面的格子裡寫著「竊盜」兩個字。我的臉一陣燥熱，接著，一股噁心煩膩的感覺，像飯後打嗝，將在胃裡發酵發酸的食物氣味送到鼻尖，迫人反芻那變質的食物。我只是借用了一筆小錢，會還的嘛！小馬一點也不念及同事情誼，硬是給我冠上一頂醜陋的大帽子，給我貼上形象猥瑣、一輩子沒出息的小偷標籤。我肯定，小馬將終身後悔，他毀了一個有為青年的未來。

我的身邊不知何時站著一個矮個兒、理著平頭的男人。不，細看之下，是個女生，我看見她突起的胸部。她拿著一張紙不知

在抄寫什麼，我歪斜著頭試圖閱讀她手上的紙條，那些字因為太潦草，一個字也看不清楚。難不成她是記者？我的心往下墜，不會吧！這點小過失不會上報吧！如果真的上報了，我這一生不就真的毀了！叫我那鄉下老母還有什麼顏面在小鎮過日子？我懊悔不堪，真希望時光倒流，我看見那疊花花綠綠的鈔票，沒有絲毫動心、一臉正氣的將抽屜推回去，再專程到廁所告誡小馬，請他將抽屜裡的錢財收好，免得引起別人的覬覦。真希望時光倒流。

小馬的叫嚷聲讓空蕩蕩的辦公室一下子擠滿了人，這些突然冒出來的同事就像事先躲起來，預備觀賞一場人性大考驗的戲碼似的，也許還有個隱藏錄影機架設在某處。小馬堅持要報警處理。

「看在同事的份上讓林正義加倍賠你三萬六千塊，就原諒他這次，報警處理讓他留下案底總是不好。」店長出面調解。

「我如果這樣做就是姑息他，不行，我不能縱虎歸山。」小馬臭著臉說。

「再給林正義一個機會嘛！他三個月沒成交半個案子，付不出房租才會一時糊塗。」同事幫腔。

「我有一點小困難，我只想先借用一下，有錢我會歸還的。」我喃喃的說，但是好像沒有人聽見。

「你們有沒有替我想想，萬一這錢被林正義神不知鬼不覺的拿走，誰還給我公道？」小馬激動的說。

「林正義上上個月跟我借了一萬兩千塊，我看他真的有苦衷。」

「他有苦衷就可以平白拿我的錢去花？這世界是怎麼了？沒有真理了嗎？我非告他不可。」

「小馬，不要這樣，大家都同事一場，先不要衝動。」

「是啊！小馬，大家研究一下怎麼做最好。唉，正義仔，你這樣做……實在……是……應該怪這個景氣，景氣這麼差，地震又接二連三的來，這個時候誰買房子呢！不要說林正義三個月沒有業績，我也只完成了兩個租案，再這樣下去我也準備去偷了……」

小楊收了嘴，尷尬的瞄了我一眼。同事們你一句我一句的說著，雖然大多是幫我說話，但是，我不是嗅不出這些話中夾帶著幸災樂禍的心情，這讓我心裡很不是滋味，希望快快結束這些無聊的議論。我和小馬向來沒有交情，同事八個月，我們甚至連一次午餐都沒有一起吃過。

「小馬，這件事你也有錯嘛！你把錢這樣毫不遮掩的放在抽屜裡，引人犯罪嘛！」

「這個抽屜是我的，我要放金磚銀塊是我的自由，林正義擅自拉開我的抽屜，還拿走裡面的錢，這種行為就叫做偷，我不會原諒他的。」小馬拿起電話準備報警。我的心沉了一下。

「小馬，不然這樣，讓林正義賠你三倍，五萬四千塊，這樣讓他受點教訓，你也沒什麼損失嘛！」店長說。

沒有什麼可以證明這件事是一場計劃周密的陰謀。如果我有五萬四賠給小馬，就不用順手拿走他抽屜裡的錢了。但是，如果五萬四千塊可以盡快結束這件事，我願意拉下臉向小妹借。小馬在眾人的勸說下有點動搖了，他拿著話筒的手垂了下來，臉上裝

擺著一副猶豫的態度。

「不就是要錢嘛！五萬四我給你了，這樣總可以了吧！」

我心裡這麼嘀咕，立刻就從嘴裡吐出話來，才剛說完就後悔了。小馬用彷彿吃了酸腐食物的表情、一臉受辱的看著我，咬牙切齒的說這次不告死我，他就不是人。他再度拿起電話，誰也阻擋不了，十分鐘後，警察來了。隔天，我失去了工作，店長把我開除了。我這輩子將永遠與「房屋仲介業」絕緣。因為這件事將會從鼓山分店傳到左營分店再傳到三民分店……隨著從業人員的遷徙再從高雄傳到台南、嘉義、彰化……一路傳到台北。

這真的是我有生以來第一次做違法的事。我拉開小馬的抽屜，只是想借用膠水，他的桌上找不著，很自然的就拉開抽屜，一疊藍色的千元大鈔毫無遮掩的躺在抽屜裡。我的腦子在一秒鐘內閃過五百萬個符號，讓我搜尋適當的字眼，然後傳遞給我的大腦中樞，符號快速旋轉，我頭昏眼花，終於做出錯誤的決定。

前幾天我在一個網站上做過一項心理測驗的選擇題：你認為人性中最醜陋的部分是下列哪一個：A：貪婪，B：憎恨，C：嫉妒，D：憤怒。我毫不猶豫的挑選了嫉妒。我覺得嫉妒的醜陋更甚於貪婪一百萬倍。真心讚美並祝福別人的成就要比你動手搶奪別人手中的鈔票艱難多了。但是隔天醒來，我再度上該網站重新做了一遍心理測驗，我在人性中最醜陋的部分中挑選了貪婪。我覺得這個心理測驗應該多加一項：人性中最崇高的美德是寬恕。如果，小馬可以饒恕我，撤回告訴，我將拿下輩子所有的歲月讚美他高尚的美德。

我辦理了報到手續，進入三十七法庭，我來早了，此刻法庭正準備審理排在我前面的一件關於傷害的案件。我一眼就見到審判長，一個年齡不到三十歲的女孩，直髮自然的垂落在肩上，面容姣好，卻一臉嚴肅得讓人不寒而慄。她正在和身旁的女孩子說話。我覺得她有點眼熟，不確定是否曾在哪裡見過。此刻法庭裡鬧哄哄的，一個紋眉的歐巴桑帶著兩個五歲不到的小女孩，兩個小女孩在椅子上跳來蹦去。

「小乖、小如你們不要再跳了，再跳我叫警察把你們抓去關。」歐巴桑粗著嗓門叫著。小女孩依然又蹦又叫的吵鬧不休，歐巴桑火大了，朝兩個小女孩臉頰各甩了一個耳光，小女孩放聲大哭。有一個綁馬尾的女孩站在原告席上傷心的哭泣起來。我走到後排座椅坐下，我的前面坐著幾個原告與被告的家屬及相關證人，那個理平頭的女生也走進法庭，坐在我左前方。

「一個帶孩子吵鬧，一個在哭，案子要怎麼審下去？」審判長嚴詞斥責被告和原告藐視法庭。

「被告，你沒有其他家人可以幫你帶孩子嗎？」審判長請法警將兩個小孩帶出法庭。小孩在門外「阿媽！阿媽！」淒厲的哭叫著。

「原告，你為什麼哭？」審判長面對哭泣的人仍一派嚴厲。原告抽抽噎噎的訴說斷腿的母親現在還躺在醫院，那隻腿可能要廢了。法庭的氣氛瞬間降到冰點，我不知是害怕還是覺得寒冷，居然微微的顫抖起來。人總是要經歷許多事才會真正了解自己，我真是個名副其實的膽小鬼。審判長像古代的縣老爺高高的坐在高堂之上，原告、被告、作證的都得將頭仰成四十五度角，回答

審判長的問話。

這件審理中關於傷害的案子，原來是這個紋眉的歐巴桑把另一個歐巴桑，也就是那個傷心哭泣的女孩的母親的腳給踹斷了，真是人間悲劇！就為了斷腿的歐巴桑指責剛剛搬進公寓、把人的腿踹斷的歐巴桑，不應該把鞋櫃擺在樓梯間影響樓上的人出入。兩人為了這件事交惡爭吵了好幾次。三個月前兩人在公園不期而遇，又為了這件事爭吵起來，倒楣瘦弱的歐巴桑的腿就這樣被踹斷了。

這個紋眉的歐巴桑有張尖刻的臉，兩頰的肉因為老化鬆弛下垂，雙下巴，眼神射出旁人不易親近的銳利，身材雖然矮小卻壯碩，一頭紅褐色的頭髮仍掩藏不住她已經接近六十歲的事實。她拖泥帶水囉哩囉唆的回答審判長的問話，說的無非是她多麼盡心盡力的照顧她的孫女，為家庭無條件的付出之類的話，審判長不只一次制止她的答話，要她回答問話即可。

剛剛喝下的大杯可樂已經在身體裡發生作用了。多餘的不被身體吸收的可樂像山壁上的泉水涓涓滴滴的匯聚在膀胱裡，我的小腹漸漸形成一股小小的壓力，我像剛入學的新生面對嚴肅的老師不敢舉手要求上廁所。不知道待會兒有沒有休息時間可以小解？我很快就把注意力從小腹轉移，因為一臉嚴謹的法警走向理平頭的女孩指著她的腿說，法庭裡不可以蹺二郎腿不可以將兩隻手臂橫放在椅背上不可以態度輕蔑。女孩趕緊將蹺在左腿上的右腿拿下來，將歪斜的身體坐直。

「你以為你是在看舞台劇嗎？」審判長冷眼掃向理平頭的女孩，閻羅王拷問也不過如此。我屏住氣，連呼吸都不敢放肆。我

輕輕悄悄的一小口一小口吐出氣，適時的釋放出不斷湧升、堵在胸口的壓力與恐懼。我膽小如鼠、小老百姓一個，在心裡發誓這輩子再也不做犯法的事。看情形那個短髮女孩應當不是記者，這叫我放心不少，至少我的難堪不至於被擴大到社會層面。

我看著審判長，愈看愈覺得眼熟，就連她的名字梁如儀都似曾相似，這個冷豔的女子……她是我的小學同學，當了六年副班長的梁如儀，雖然二十幾年不見，但是她左鼻翼下方那顆黑痣我是記得的，因為那顆芝麻般大的黑痣，大家都叫她「黑芝麻」。我整個人洗了一次三溫暖，剛剛因為確定那個理短髮的女孩子不是記者，心裡寬慰不少，現在卻發現那個高高在上、冷酷無比的的審判長是我的小學同學。梁如儀會怎麼看我呢？她也許會認為我就是社會的敗類，一個小偷！就算我說破嘴皮對她解釋我是如何犯下這次無心的過錯，就她這般冷漠無情的問案方式，她肯定是不會偏袒我的。也許，她壓根就不記得我是她的小學同學，反正只要我打死也不承認就行了，台灣名叫「林正義」的人起碼也有幾百個，但是，梁如儀這輩子認識的林正義也許只有一個！

把人的腿踹斷的歐巴桑說她這輩子根本就沒見過疑似被她踹斷腿的那個老婦人，對於一個從來沒見過面的人，怎麼會去踹斷她的腿呢？審判長傳證人，證人小姐說她有早起跑步的習慣，她指著身旁把人的腿踹斷的歐巴桑說，那天清晨，她在公園公廁旁看見她和另一個瘦小的歐巴桑扭打在一起，互拉頭髮，瘦小的歐巴桑沒多久就被摜倒在地上，把人的腿踹斷的歐巴桑抬頭看見證人小姐目睹她的「犯案過程」還出言恐嚇她，叫她最好假裝什麼也沒看見。證人小姐因為害怕，趕緊跑離現場，事情的經過就是

這樣。把人的腿踹斷的歐巴桑惡狠狠的瞪了證人一眼。梁如儀審判長失去耐性的問被告明明認識原告，為什麼說謊？被告支吾其詞，說不出一個充分的理由來。

我倒抽了一口氣，衡量著待會兒接受審訊的時候到底該怎麼回答梁如儀的問話？該怎麼回答才不會自找難堪？我這輩子最承受不住這種咄咄逼人的質詢了。我感覺小腹的壓力漸漸變得沉重，開始坐立不安，並且慌張起來，看情況得等到這個案子審完才有空檔了。

左前方那個理平頭的女生拿出紙筆很賣力的寫著什麼。梁如儀審判長看見了，她用眼神暗示站在門口的法警，法警接到命令後走到女孩身邊，要她交出紙條。

「旁聽有旁聽的規矩，你為什麼沒有閱讀貼在走廊上的旁聽規則？法庭裡不能做任何的紀錄。你這張字條是在法庭裡寫的，要扣押做為證據。」梁如儀的聲音冰冷得像是機器人一樣。

理平頭的女孩雙手一攤，一副無所謂的樣子。這真是一個好點子，也許我可以如法炮製，寫一張紙條讓梁如儀審判長沒收，告訴她，我是她的小學同學，請她對我手下留情。但是，我看她那副冷若冰霜的面孔，無論如何也不會買我的帳的。那個理平頭的女孩到底在紙條上記錄什麼呢？她待會兒也會留下來旁聽我的案子嗎？她憑什麼進入法庭旁聽，並且記錄別人的災難呢？她的行為比梁如儀審判長還要冷酷無情。

等待真是一種巨大而悶痛的折磨！尤其是當一個人在尿急的時候。我緩緩的挪動身體，就像將已裝滿砂糖的瓶罐搖晃一陣擠出多餘的空間，好容納更多的砂糖。我希望為小腹多爭取一點空

間以換取時間。這件案子審理的速度既緩慢又冗長，已經超過十一點了，看來還沒有結束的跡象。

三十七法庭的門打開了，小馬穿著一件淺藍色的襯衫，繫著暗紅色的條紋領帶走進來，他的身後陸續走進來我的同事們，店長、小楊、小陳、小蔡……該來不該來的，相關無關的人都來了，他們各自找了座位坐下，他們是來當證人來看熱鬧來打落水狗的；我是他們的舊同事，他們清楚的選邊站以便建立友好關係。小馬在我身旁隔了一個座位的地方坐下來，我用眼角餘光瞄了他一眼，一股不屑與厭惡的感覺充塞在胸口，小馬這個沒有半點高貴情操的傢伙，把我和他關進悔恨的牢籠。現在又帶來一群舊同事收集八卦、觀看我的難堪。但是此刻我已經沒有多餘的力氣去恨他了，如果現在梁如儀審判長能讓我去廁所解放一番，我願意原諒小馬、原諒看熱鬧的同事，包括原諒在九一一美國雙子星大廈發動恐怖報復攻擊的賓拉登。

這個案子真是沒完沒了，這個可惡的歐巴桑，竟然為了一點點的小事就把人家的腿給踹斷了，還在法庭上公然說謊，你當梁如儀是笨蛋嗎？果然，就連嚴肅又冷酷的梁如儀審判長也情緒失控，身體往前傾，很用力的噴出口水斥責被告說話不實在。天啊！你這個歐巴桑，就快快認罪好讓我上個廁所吧！我已經無法集中精神了，我全神貫注的將注意力放在我的小腹，我覺得下一秒鐘它就要爆炸了，彷彿愈注意它，蓄積尿液的速度就愈快似的，如果停止呼吸可以阻止這股壓力，我寧願變成一座化石。

這個傷害案件終於審訊完畢，她對原告、被告宣布下次開庭的時間。原告、被告和她們的一干親友緩慢的步出法庭。我像個

即將臨盆的孕婦，頂著便便大腹吃力的站起來，我很懷疑自己是否有力氣走到廁所，法警對我和小馬招了招手，示意我們上前站在原告、被告的位置。要開始審我們的案子了。梁如儀審判長將一大落捆綁妥當的資料交給助手後，開始閱讀新的檔案。法警將門關上，旋即又打開，十五、六個穿著制服的高中生陸陸續續走進來，一個看似老師的中年女子指揮學生安靜入座。

我的心涼了半截！我怎麼這麼倒楣啊！竟然被選中為校外教學的觀摹對象，這叫我以後怎麼出去見人！最糟糕的是，他們回到課堂後，會開始討論我的案子，討論我這個人，讓學生們做為警惕，千萬不要犯下跟我一樣的錯誤！我怎麼就這麼倒楣呢？真是叫人欲哭無淚。

我痛苦萬分的走到剛剛踹斷人腿的歐巴桑站的被告位置，仰著頭看著高高在上的梁如儀審判長，小腹垂掛著彷如鉛塊般沉重的尿意，讓我對她的厭惡倍增。我承認所有的罪，快快送我進監獄吧！如果監獄裡有廁所。

我想開口請求上廁所，但是，法庭嚴肅的氣氛讓我開不了口，也許梁如儀審判長會判我個藐視法庭的罪。梁如儀審判長若有所思的看著我，她一定認出我是她的小學同學了。

「被告，你怎麼了？」

「我……我……肚子痛。」我結巴的說。

我不敢說我尿急，那實在不登大雅。

「你要不要休息一下？」

梁如儀審判長面露不耐的問我，好像我是個麻煩的傢伙。我再也忍不住了，我實在不想讓充滿尿液的肚腹爆炸，汙染這莊嚴

肅敬的法庭。

「法官大人，我可不可以先去廁所，我實在忍不住了。」我咬著牙艱難的痛苦的虛弱的說。

梁如儀審判長看看我，面無表情的宣布休庭二十分鐘。我懷疑她根本就沒認出我是她的小學同學。這些都不重要了，我摸著牆一步一步的走，光是從三十七法庭走到廁所就用了我五分鐘。那個理平頭的女孩子出現在我身邊，陪著我走了幾步路。

「先生，我是一個寫小說的人，今天到法庭來做觀察，我是不是可以寫你的故事？」

「走開，你沒看見我正要去上廁所嗎？我的故事你想都別想。」我粗暴的說。

好不容易走到廁所，拉下拉鍊，呼！小便真是世界上最美妙的享受。那一泡尿足夠供應十隻鵝游泳的戲水池。走出廁所，我感覺身輕如燕，忽然覺得剛剛對那個理平頭的女孩太無禮，也許應該道個歉表現我的風度，但是走出廁所時已經沒看見她的人影了。我重新把注意力放在我的審訊上。還有十三分鐘，我走出法庭大樓透透氣，我可不想這時就返回法庭面對那群準備看戲的舊同事，聽他們說一些言不由衷的勸慰之詞。將人的腿踹斷的歐巴桑和證人，以及證人的朋友在馬路對面的愛河邊吵吵嚷嚷的。我好奇走過去想看個究竟。

「你呀！沒影沒跡的事情講到有腳有手，你這樣說謊話對得起良心嗎？」把人的腿踹斷的歐巴桑潑婦罵街般的搖晃著她粗肥的食指，指著證人連珠謾罵，證人及她的一群朋友沒多加理會，只一味的往前走企圖擺脫她。被告歐巴桑跟在後頭一路罵著，恨

不能那根食指立即變成一支利箭朝證人的背脊射去。這個歐巴桑愈看愈叫人生氣。我走過去叫住她。

「你這個歐巴桑很奇怪耶！明明就是你把人家的腿給踹斷了，剛剛在法庭裡說謊，現在還辱罵證人！你這個歐巴桑根本就不是個好人！」

「你以為你是什麼好人啊！怎麼，你是搶銀行、偷東西，還是誘拐人家女孩子啊！你會進出法院也不是什麼好東西，不用在那裡裝清高，還輪得到你這個流氓來教訓我？我把她的腿給踹斷了，是她活該！」

我張目結舌的怒瞪著把人的腿踹斷的歐巴桑。我什麼時候搶銀行、誘拐人家女孩子了？這個信口開河的歐巴桑真是可惡到極點了。

「我告訴你，我也不是什麼小偷，那根本就不叫偷，叫借，你懂不懂偷跟借的分別，借是會還的，你懂嗎？我會還給他的。你不懂，你和那個沒知識的小馬一樣不懂，這其實只是一場誤會……我沒有前科，我安分守己，我這一生說過的粗話伸出五隻手指頭來數都還剩下一大半，我不亂丟垃圾也不闖紅燈，像我這樣規矩的市民在整個高雄市能找出幾個來？如今我只是一時意亂情迷順手拿了同事抽屜裡的錢，我就變成一個壞東西、甚至變成一個流氓？」

「你瞪什麼瞪？輪得到你來多管閒事？你什麼東西？我看你那個長相根本就是個俗仔，搶銀行還是我高估你了，你看你那張蒼白的臉活像個乞丐，我看你啊！充其量就是個小賊大不了……」

午後的陽光像是一團火球，曬得人就要融化了。我只是一

時熱昏頭，覺得眼前這個把人的腿踹斷的潑辣歐巴桑需要冷靜一下。

「有人掉進河裡了，有人掉進河裡了。」一堆人聚集在法院前的愛河邊，叫叫嚷嚷的。

一個騎腳踏車旅行的人剛好經過，見到這一幕立即驚叫起來，他將單車往地上一扔，脫掉安全帽、球鞋，跨過欄杆就跳進愛河裡救人。幾輛經過的摩托車好奇的停下來。

「是自殺嗎？」

「不是，我親眼看見是這個男的把歐巴桑推下去的。」

「老太太你放心，我會幫你作證的。」有個年輕的女孩子對著掉進愛河的歐巴桑吼叫著。圍觀的人愈來愈多，警察這時候也來了，圍觀的人對著警察指著我說：

「是這個人幹的。」

「年輕人你的心腸真壞、真沒有愛心啊！你怎麼把這樣一個老太太推到河裡去？有再大的冤仇都不應該這樣做的。」

圍觀的人你一言我一語的指責我。你們知不知道她是個兇殘的歐巴桑？她把人的腿給踹斷了啊！我只是把她推進愛河裡，這比起她犯的罪行算什麼？我覺得十分委屈。

事情發生得太快，我自己都不知道事情是怎麼發生的。我只知道有些情緒就像夏日午後的雷陣雨來得又猛又急，你根本就沒處躲避，只好挺身接上了。

「救上來了，救上來了，阿彌陀佛菩薩保佑。」

「年輕人，還好老太太沒事了，她萬一有個三長兩短，你就犯了謀殺罪了。」

「我遠遠的就看見這個男的和這個歐巴桑拉拉扯扯的，忽然這個男的就很用力的把歐巴桑推進河裡。」

「你只看見我把這個歐巴桑推進河裡，你看見她打我的耳光嗎？」我生氣的說。

「年輕人，就算被老人家打十個耳光你也應該虛心接受，她的年紀當你媽媽都綽綽有餘了。」

跳進愛河救人的腳踏車騎士，全身濕答答一路滴著水走向他的單車，重新戴起安全帽，穿上球鞋，跨上單車，拋下我也拋下這群鬧哄哄的人，繼續他的旅行。他的樣子好瀟灑，等我結束這些煩人的事，我也要騎腳踏車去旅行。

把人的腿踹斷的歐巴桑全身濕淋淋、臭轟轟的，一上岸也顧不及整理一身的狼狽，眼睛朝四周迅速的搜尋著，她看見我了，朝我衝過來，啐我一口口水，如果不是身邊的人攔著，她肯定衝過來給我一陣搥打。

「你這個流氓，我要告你，我非告死你不可，你這個流氓！幹，臭流氓，我非把你送進監牢不可。」

「歐巴桑，這個年輕人是你什麼人？」警察問把人的腿踹斷的歐巴桑。

「我……我……我根本就不認識他。」歐巴桑憤怒的說。

警察要我和歐巴桑到警察局做筆錄。我忽然想起我的審訊，看看錶，糟了！已經過了四十分鐘了，這下該如何是好。

「警察先生，我可不可以先進去開庭，之後再跟你去警察局？」

「噢！原來是個有前科的人，莫怪性格會這麼兇殘。」

發生什麼事了？剛剛加進圍觀行列的新人熱烈的問著。

「夭壽喔！這個人把一個老太太推到河裡。」

「他為什麼這麼做？」

「誰知道？他可能精神有些問題，因為老太太根本就不認識他。好倒楣喔！竟然遇到瘋子！」

我轉身的剎那，看見那個理平頭的女孩擠在人群之中，看著我，不，是看著一場戲，寫小說的人看世界就像看戲一樣，他們面對戲中人物的悲慘處境，完全無動於衷。寫吧！冷酷的寫小說的人，隨便你愛怎麼寫就怎麼寫吧！

該死的夏天！該死的可樂！該死的我的小學同學梁如儀審判長！該死的寫小說的理平頭的女孩！該死的好端端將人的腿踹斷的歐巴桑！該死的校外教學活動……

這一切，真讓人厭惡到極點了！

第3部——

阿國在蘇花公路上騎單車

四輛大卡車轟隆隆的行駛在蘇花公路上，輪胎滾過一處坍方清除後的泥地，揚起漫天的灰塵，一輛急躁的裕隆汽車，不時的探出車頭尋找超車的機會，像一個尿急排隊上廁所的小男生，頻頻側身察看前方移動的隊伍。勉強超越第四輛卡車後，第四輛卡車按了一聲帶著警告意味的喇叭，嘲弄威逼似的貼近裕隆汽車的尾部行駛，讓裕隆汽車更是迫不及待的想擺脫被夾攻的壓迫感。連續幾個彎道後，前方出現一個約兩百公尺的直線空檔，裕隆汽

車逮住機會，像一條刁鑽的蛇瞬間加速，順利的超越了三輛大卡車。

為了躲開這四輛卡車所捲起的沙塵，阿國乾脆跳下單車，摀起鼻子，讓大卡車先行通過，漫天的灰塵鋪天蓋地的蓋上來，阿國感覺到嘴裡和喉嚨都塞了塵土，他輕咳兩聲，朝地上吐了一口口水。出發才兩個多小時，真夠灰頭土臉了，阿國覺得有點洩氣。

四輛大卡車漸漸遠去，阿國重新跨上單車，將變速器調到低檔，騎了幾百公尺，公路的坡度漸次上升，阿國吃力的踩踏，覺得再也踩不上去了，單車幾乎靜止不動，阿國輕微轉動把手試圖維持平衡，不讓自己的腳下地，最後他整個人站了起來企圖用身體的重量讓腳踏車再往上推動，變速器已經調到最低檔了，單車仍一點也不願配合的往後倒退，阿國在慌亂中跳下車，右腳小腿骨被腳踏板狠狠撞了一下，整個身體失去平衡，一陣踉蹌後摔倒在路上。阿國忍著一肚子悶氣的扶起腳踏車，一路賭氣的牽著走。從騎上蘇花公路開始，就一路上坡上坡上坡又上坡，所有的精力幾乎全耗在這十幾公里的上坡路了。

阿國猶豫著要不要繼續往前騎，還是折返？往回走都是下坡，不用多久就回到蘇澳，把單車拆卸下來裝進袋裡，坐上往高雄的火車，幾個小時就回到家了。阿國內心交戰不已，兩隻腳卻還是固執的往前走著。綁在後座只剩下三分之一瓶的礦泉水隨著晃動的車身嘩啦嘩啦的在瓶子裡刷個不停。

轉過一個彎就是新澳隧道，南下和北上的隧道各自吞吐自己的車流，各類卡車呼嘯著鑽進鑽出黝暗的隧道。阿國跨上單車、

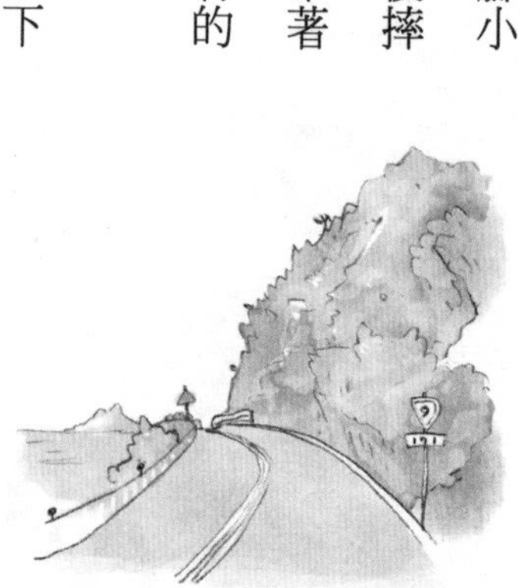

打開車頭燈騎進隧道，隧道內有幾盞昏暗的燈與濃郁的黑戰鬥，因為不敵，敗下陣來，有氣無力的亮著，照出部分路段的輪廓。阿國剛進入隧道騎了五十公尺，開始感到害怕，隧道內兩側的牆壁凹凸不平，光線又昏暗不明，頭頂上還不時的滴下水來，隧道內滯留著一股詭異得令人全身發毛，感覺就要窒息的氣氛。阿國繫在把手上的那盞車燈的能見度，只到達車子的前輪，更別說照亮前面的路了。阿國不時被隧道旁每隔幾公尺就出現一個的緊急避難用的黑洞嚇一大跳，他不敢正眼瞧向嵌在山壁上的黑洞，他覺得那裡可能掛著一個吊死鬼，或其他面目猙獰的什麼鬼，阿國的呼吸變得很不順暢。

一陣巨大的聲響鑽進隧道裡，阿國嚇得把手一陣歪扭，不知不覺加快了速度。他回頭看了一眼，心裡疑惑：真是怪了，明明聽見有大卡車進入隧道的聲音，怎麼不見大卡車？阿國臉上出現驚恐的表情，騎車的速度更快了，有幾次險險的幾乎撞向山壁。幾分鐘之後，阿國才明白，方才的轟隆巨響原來是北上隧道傳過來的。

一道強烈的燈光和一種近乎戰車接近的巨響同時竄進隧道，光線把阿國的影子一下子拉到前面的地上，阿國追著自己的影子騎著。他將車子騎向路邊，想讓大卡車先過，但是隧道狹窄大卡車過不去，在隧道裡怒吼、咆哮。他慌亂的將單車騎到路邊，沿著凹凸不平的牆壁騎著，想加速又擔心撞上牆壁，只好膽顫心驚的提防後面的大卡車，也許出口就快到了。

大卡車轟隆隆的聲音威脅著阿國，阿國拚命的踩著踏板，覺得自己像一隻被老鷹追趕的小雞，正拚命的想在鷹爪的威脅下

衝出一條活路，想到自己悲慘的遭遇，阿國忍不住哭了，他沒有時間挪出一隻手擦眼淚，因為他只要一停頓，就可能慘死在大卡車車輪底下。阿國感覺到眼淚因為車速加快而流向耳朵，他無法正確的描繪出此刻他有多麼後悔。因為自己一時的衝動，決定在蘇花公路上騎單車，去哪裡都好不是嗎？到墾丁沙灘曬太陽、衝浪，或是游泳，都好過在這裡活受罪。他也恨死了身後那輛以大欺小的卡車怪獸。

「幹，你去死啦！欺負我你算什麼東西，去死啦！山洞塌下來啦！我們一起死啦！幹！你真是個大白痴，楊治國，你是個大白痴啊！」阿國一邊騎一邊大聲咒罵著。

他希望下一秒鐘就是世界末日，或者此刻就讓山洞塌下來吧！這樣總好過被死神勒住脖子折騰致死。阿國拚命的踩著，一顆心劇烈的跳著，彷彿下一秒鐘心臟就要衝出胸膛撞向山壁。阿國又氣又悲傷的騎著。

阿國感覺身後卡車的引擎聲沒那麼逼近了，他回頭看了一眼，只看見兩道強烈的光束，大卡車居然慢下速度，刻意和阿國保持一個車身的距離。阿國有一點明白大卡車的好意，後悔剛剛在心裡咒罵了他們。大卡車雖然慢下速度，阿國卻依然快速的轉動雙腳，覺得不應該耽誤後面的車輛行進。阿國正要質疑這個沒完沒了的隧道是否真有盡頭的時候，前方終於出現了籃球般大的圓形亮光。

出了隧道，阿國立即騎到路旁喘氣。大卡車接著也出了隧道，有個理平頭、原住民模樣的年輕人笑嘻嘻的探出頭來，大聲叫著：「大哥，你逃學喔！」

阿國傻笑了一下，目送大卡車離去。阿國覺得全身就要虛脫了，將單車斜放在地上，自己也一屁股坐在熱燙燙的地上，拿起礦泉水喝了幾口，他喘著大氣，仰躺在熱燙的地上，看著天上大朵大朵的雲快速的變化成各種形狀。

阿國以前就聽說蘇花公路是一條危險公路，因為它的道路狹窄，彎道特多，南來北往的車輛以大卡車居多，一個不小心不是摔落懸崖就是因為想要超越大卡車而撞上對面來車。蘇花公路就像一條緊貼著山壁的蜿蜒大蟒，人車從牠的肚腹經過，倒楣的人，就會被大蟒蛇給消化了。

阿國再度拿起礦泉水喝了一口，還來不及嚥下，隧道口快速衝出另一輛單車，因為緊急煞車導致車子翻倒，往前滑行時差點撞上阿國，阿國嚇得用臀部將身體往後挪了幾步遠，嘴裡的一口水硬是給吸進鼻子裡，嗆得他連連咳嗽、眼淚直流。就在單車摔倒的同時，隧道口隨即吐出兩輛咆哮的砂石車。

林正義痛得咬牙切齒，一臉痛苦的爬起來，齜牙咧嘴的哇哇叫痛。左手臂、左大腿小腿的外側擦出一大片的血痕。阿國邊咳嗽邊擦眼淚邊走向林正義。

「你怎麼這樣騎車？不要命了。」

林正義檢查受傷的手腳。阿國也湊過去看。

「哇！很嚴重耶！很痛吧！」

林正義苦笑著。他跛著左腳試著走幾步路，蹲下、起身、又蹲下、再起身。「還好只是擦傷，骨頭並沒有斷裂或骨折，到南澳找間藥房擦藥用紗布包裹一下，應該就沒事了。」

阿國看著隧道口，心有餘悸的說：「能活著走出這隧道就算

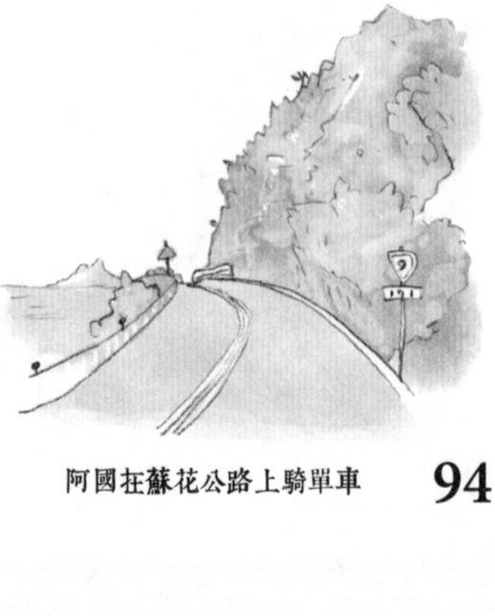

不錯了。」

「是啊！這隧道真是恐怖。我剛進隧道後面明明沒有車，可是卻有卡車的引擎聲，嚇得我要死！我還撞了幾下山壁，裡面烏漆抹黑，什麼也看不清楚。」

阿國扶起林正義的單車，前前後後打量了一番。「有沒有搞錯啊！你的車才十二段變速，騎這樣的車，上蘇花公路鐵定累死你。」

林正義看著阿國的車，一臉讚嘆的說：「你的車很棒，看起來很貴的樣子。你爸買給你的？」

阿國看看林正義再看看自己二十七段變速的拉風單車，視線停留在單車上，沒有答話。

「二十七段變速！嚇！有個有錢的老爸真好。」林正義羨慕的說。

阿國蹲下來檢查林正義的單車，試試煞車、轉動踏板，齒輪發出嘎嘰嘎嘰的摩擦聲。阿國說：「你真幸運，車子沒大問題，還能騎，只是多了一些雜音。」

「你對腳踏車很有一套啊！」林正義說。

「腳踏車的結構其實很簡單的，不用幾天就可以摸透。剛開始，不懂的地方就去問腳踏車店的老闆。我家附近腳踏車店的老闆人很好，肯教我。」

林正義心裡有一種踏實感，他先前覺得自己騎腳踏車環遊台灣的決定有點草率與魯莽，現在有這個少年同行，至少路上還可以有個照應。自己可是連輪胎都不會換呢！

阿國被讚美，臉上盡是得意。他隱藏了他擁有這輛單車至今

阿國在蘇花公路上騎單車

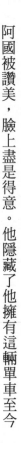

才第十五天的事實，但是，這十五天他可是每天都到住家附近的腳踏車店去看老闆修車。車行老闆是個年輕人，教了阿國許多寶貴的腳踏車知識。

阿國跨上林正義的單車往前騎了五十公尺又騎回來。「沒問題，可以騎啦！」阿國擺出一副專家的模樣。

林正義將綁在後座歪掉傾斜的行李及睡袋扶正，拍去上頭的灰塵。

「你要騎去哪裡？」

「過蘇花公路，然後騎經台東回高雄。」

阿國看著林正義的車，懷疑的問：「就騎你這輛車？」

「是有點辛苦，但是，只要有路，我的車子就一定能走。」

「你也很悠閒嘛！放假旅行喔！」

「我剛剛了結一些煩人的事，所以才想騎腳踏車繞台灣一圈散心。」林正義望向遠處的山林，臉上有著淡淡的憂傷。

阿國牽著自己的單車走到林正義身旁，看著林正義受傷的腳問：「你怎樣？可以嗎？你的腳在流血。不如你攔車回蘇澳，或者搭便車到南澳看醫生擦藥，看起來摔得挺嚴重的。」

林正義看著來來往往的車輛，遲疑了一會兒，說：「沒關係的，我可以騎到南澳再擦藥。」

「這裡到南澳還很遠耶！」

「雖然還是很痛，但是骨頭沒事我就安心了，只是皮肉傷。到了南澳再買藥擦擦就好了。我可以忍耐。」

「好吧！我要先走了。」阿國跨上單車，看看林正義，又跨下單車。「現在一路都是下坡，你不要一直握著煞車，煞車含

阿國在蘇花公路上騎單車

著，要收放收放的，還有轉彎的時候，身體可以跟著彎道稍微傾斜一點，這樣騎起來比較順。還有，如果有狀況，要兩隻手同時握住煞車，千萬不能只握前輪的煞車，否則你會摔得很慘。」

林正義有點不耐煩的點點頭，自顧自用手帕沾礦泉水小心的清洗傷口。阿國再度跨上單車，往前騎了一百公尺，突然調轉車頭騎回林正義身邊。

「我不能拋下一個受傷的人，我跟你到南澳好了，萬一你半路昏倒，有個人可以幫你叫救護車。」

林正義苦笑，不置可否，站起身來，跨上單車，強忍著傷口的疼痛。

阿國率先往下衝刺，矯健的背影像一條滑溜的鰻魚，和彎彎曲曲的道路搭配得天衣無縫。當阿國在過彎的時候，車子和身體同時傾斜，和地面略呈平行一路滑下去的畫面，讓林正義看得羨慕不已。他自己則小心翼翼的轉彎，緊緊握住把手絲毫不敢鬆懈，他覺得如果像阿國這樣做，一定會摔得半死。他有一種預感，只要有一點點的不留心，就會葬身在這條美麗卻又危險的蘇花公路上。由於筋肉的拉動，牽動到擦傷的皮膚，讓他的傷口疼痛得要命，他開始懷疑自己是否能撐到南澳。但是，他可不想在一個十幾歲的小鬼頭面前輕易服輸。不過就摔了一跤、流一點血，就哭著轉頭回家，那自己不成了這男孩旅行結束後，每當跟人述說這段旅行經歷時，必提的笑話了？無論如何也得騎過這條公路。林正義忍著疼痛，繼續往下滑行。

阿國則小心的控制煞車，他不想讓煞車破壞他俯衝的快感。真過癮啊！這樣快速的衝向風、迎向風，身體的每一個毛細孔都

張開著和風打招呼，還有什麼比這個更刺激的呢！台灣應該要有這樣一條「腳踏車下坡專用道」，讓騎腳踏車的人能夠在安全的情況下極速的飆車。下坡意味著還有另一個上坡等在下坡的盡頭，但是，管他的呢，先享受這段衝刺的快感吧！

下坡的終點，就是南澳了。林正義找了間藥房買了紗布、消毒水、紅藥水，藥房老闆看見他的傷勢，建議他吃些消炎藥，林正義接受建議買了消炎藥，阿國則在藥局附近的快餐店買了兩個便當。兩人在火車站附近的蓬萊國小的大樹下歇息，林正義包紮了左腿的傷口，努力了幾次也無法單手處理左手臂的傷口。阿國在一旁看了一下，發現林正義真的無法單手綁妥繃帶，便接過繃帶幫他包紮左手臂的傷口。

「你看起來好像受了重傷。」

林正義低頭看傷口脫口而出：「身體上的傷都好處理。」

阿國包紮完拿起便當，聽到他這麼說抬起頭來問了一句：

「什麼？」

「沒什麼。」

林正義拿了七十塊給阿國，「便當錢。」

「不用了。老頭子請的客。」

「老頭子是誰？我又不認識他，幹嘛給他請客。」林正義把七十塊放在阿國座位旁邊。阿國不耐煩的瞪了林正義一眼，收起七十塊，繼續悶著頭吃飯。

林正義打開便當盒，看著便當，一口也吃不下。阿國吃完飯，將單車鎖上，並將鎖勾在自己的腳踝上，躺在樹下一下子就睡著了。

林正義一口一口沒滋沒味的低頭吃著便當。

樹上的幾十隻蟬清脆響亮的合奏，讓整個夏季喧鬧至最高點。

阿國做了一個夢，夢見一場火災在眼前轟然燒起，有嬰孩在啼哭，阿國轉身就逃，一直逃，身後的火也追逐著阿國，阿國熱得全身冒汗、頭髮濕透，他拚命跑著，一直跑……

因為太陽的移動，一大束的陽光從樹梢照射下來，阿國上半身整個曝曬在陽光下。阿國被曬醒了，全身像是著火一般的炙熱，陽光刺著他的眼。阿國瞇著眼坐起身，解開纏繞在腳上的鎖鍊，那場夢讓阿國很不舒服，他走向洗手台，洗了臉，把整個頭伸到水龍頭下沖洗。阿國整個人清醒過來，往四周搜尋了一下，沒見到林正義和他的單車。阿國簡單的做了一下伸展操，隨即跨上單車，騎出蓬萊國小校門口。車後座捆著兩瓶礦泉水。喝剩一半的水，嘩啦啦的一路刷著瓶身。

出了南澳，阿國騎了三公里的平路之後，經過武塔村的村牌，車子開始爬坡，阿國將變速器調到低檔，兩腳快速的踩著踏板，單車緩緩的上坡。阿國騎著騎著，遠遠的看見林正義一會兒踩踏、一會兒推車的背影。阿國雖然放慢騎速，但是，眼看就快要追上林正義了，他不耐煩的瞪了一眼林正義的背影，索性下車在路邊休息。休息了幾分鐘，阿國又無奈的跨上單車，他用正常的速度騎著，沒一會兒工夫就追上林正義了。阿國放慢速度騎在林正義身邊。

「你把變速器調到低檔嘛！你這樣走到天亮都走不到花蓮的。」阿國停頓一下，喃喃自語：「算了，十二段變速車，就算

調到最低檔也像沒有調一樣。」

「我一點都不急著到花蓮，天黑到就天黑到，無所謂啦！你有急事到花蓮就不要騎腳踏車嘛！」林正義有點不悅的說。

阿國看著林正義，有一種下不了台階的尷尬。他稍微放慢了車速，說：「我哪有急著到花蓮。我只是不想在黑夜裡騎車。」

兩人一前一後騎著上坡路。轉過一個彎後，眼前蔚藍遼闊的海景讓阿國和林正義臉上綻放出滿足的笑容。

「我們好像就是為這個來的。我的眼睛第一次裝下這麼大面積的海。你發現沒有？這海有一種魅力，就是可以把你的胸懷給撐大，哇！感覺好舒服。」

阿國將滿眼的心事望向太平洋的盡頭。他又看了一下手錶，輕輕的嘆了一口別人都不易察覺的氣。林正義察覺到阿國頻頻看錶的動作。

「現在幾點啦！」

「一點半。」

「你有約會啊！一直看手錶。」

阿國望著太平洋，裝出放輕鬆的樣子。「你看，海天一線就是這個風景，從這裡到達那條線，有多少公里？」

「那是遠看的風景，看起來好像我們可以到達那裡，事實上那是我們視線的錯覺。我們永遠也追不到那條線。」

太平洋波平如鏡，天藍，海也藍。天上飄著三朵白得刺亮的雲朵；兩艘漁船在海面上作業，點綴著海洋的風景。小憩片刻，兩人重新跨上單車，出發。阿國放慢騎速，兩人充滿默契的在這個路段相偕而行，陽光熱辣辣的烘烤著世界，柏油路表面蒸騰著

一層厚厚的透明的熱氣，正滾煮著大地。亮燦燦的陽光刺得兩人的眼睛幾乎睜不開，就這麼瞇著眼騎車，眼睛又痠又累又睏。兩人疲態漸露，無精打采的踩著踏板。

「這又臭又長的蘇花公路，怎麼就沒有幾處可以休息小憩的蔭涼呢！」阿國疲累的抱怨著。

「這種海岸地形不適合種樹，就算種了也活不了。」林正義說。

一味的爬坡，兩人全身的衣褲都已經汗濕，濕黏黏的貼著皮膚，汗水滲入林正義手腳上的傷口，他覺得疼痛難忍。林正義騎到路旁，將單車斜靠在護欄上，拿起水瓶就一陣猛灌。

「我們休息一下吧！我好累，腳痛死了。」林正義看著湛藍的太平洋直喘氣。

阿國將車子停妥，開了一瓶礦泉水，將瓶子裡的水一仰而盡。阿國拉著衣服，試圖製造一些涼風涼涼他的肚皮：「今天沒有風。熱死了，看來我不用多久就會脫水，死在這條公路上。」

陽光燦爛耀眼，阿國脫下帽子整理汗濕的頭髮，瞇著眼看海。「你有沒有覺得，我們真的很笨，大中午，陽光最強的時候還在馬路上騎單車。那些鳥呀！都比我們聰明，只挑清晨和傍晚的時間出來覓食。」

林正義仰頭看天：「就快了，當陽光爬上中央山脈再往西移一點，我們就不曬了。」林正義也脫下帽子，用帽沿搧著各處傷口。「著火一般的痛。」

「你要不要攔便車？」阿國問。

「不用了，我想用身體的痛壓住心裡的痛。」林正義冷冷的

回答。

「神經。你這樣會不會死掉啊！」

「人哪有這麼容易就死掉。頂多傷口發炎。走囉！也許前面有地方休息。」

兩人又騎了一段路，阿國邊騎邊看著海，大海閃閃爍爍的反射著陽光，這眼睛就要睜不開了，但是這條公路依著海岸邊蜿蜿蜒蜒的姿態真是好看。長長的一段平路，雙向沒有一輛車子，阿國將單車騎到馬路中央蛇行起來。

「你這樣騎車很危險耶！」林正義緊張的叫嚷起來。

「你真夠他媽的婆婆媽媽耶！」阿國吼著回話。

兩人遠遠的看見「觀音海岸自然保護區」的牌子，他們決定走下步道去看看。林正義把單車鎖在停車場，行李上肩。阿國則將車子扛在肩上。

「這車子這麼寶貝呀！是你第一輛車吧！」林正義帶著揶揄的口吻問。

「嗯。」

兩人走下步道，走過一段觀音海岸，到達一個海蝕洞，兩人坐在洞口，看著漂亮又乾淨的海岸。

「我叫楊治國，你呢？」

「林正義。」

阿國的國字臉上全是汗水，他脫下帽子，撩起衣服擦臉，過長的頭髮亂七八糟的貼在他的額頭和臉頰上。阿國和林正義同時望著太平洋，陽光曬得他們發昏，體力透支讓他們變得異常脆弱。林正義看著阿國的腳踏車。

「我小學的時候，我爸爸送我一輛腳踏車，我那時候也是這麼寶貝，每天又洗又擦，誰都不肯借。但是，那輛車我才騎了兩個月就被偷了。我哭了好久呢！」

「這輛車不是我爸送的。是一個老頭子送我的，我說不要，他硬是要送我。」

林正義假裝震驚的說：「嚇，他是個戀童僻啊！」

「你在說什麼呀！不是。」

「我小時候住在眷村旁邊的社區，眷村裡有一個怪伯伯，一天到晚喜歡摸小男生的屁股。媽的，超級變態。」

阿國笑著問：「你給他摸過喔？」

「只被摸過一次，後來見到他遠遠的就閃啦！」林正義也笑了。「過了暑假你就升高二了吧！」

「我高二上學期自動休學一年。自動休學一年的好處就是，可以擺脫以前那些討厭的同學。既然並排一起走路彼此看了討厭，就讓他們先走！」阿國不屑的說。

海浪捲著一波又一波的白色浪花，衝上沙灘又退下，刷啦刷啦的重複又重複。

「我在高中的時候有一票同學常常看我不順眼，老是聯合起來打我一頓，我好想休學，但是我撐了過來。有好幾次我想報告老師，但是，我怕老師對我印象不好，就一直忍耐。」林正義說。

「他們都怕我，怕我怕得要死，以為我的書包裡藏了一把刀，誰只要得罪我，我就會用那把刀殺了他。」阿國轉頭看著林正義，「他們猜錯了，書包裡沒有刀。你猜猜，我的書包有什麼？」

「不會有土製炸彈吧！」林正義故作輕鬆的說。他覺得藏在這個火氣很大的少年的書包裡的，其實是一把手槍。

「幹，什麼都沒有！什麼都沒有，就連指甲刀都沒有。哼，不知道是那個自以為是的白痴，信口胡說的。」

「他們為什麼要猜你有一把刀呢？」

阿國做了一次深呼吸，將哀傷的眼神拋向海洋。「他們……」阿國欲言又止，國小五年級的記憶隨即冒了出來，他從來沒和任何人討論過這件事，這記憶彷彿紋在手臂上的刺青，穿著衣服的時候，會忘記它的存在；裸著上身面對自己時，這搶眼的色彩又鮮明亮麗的展現。

一對情侶在沙灘上依偎著散步，時而彎身撿貝殼，時而又低語悄聲說情話。阿國撿起腳邊的一塊貝殼，挺直身子，用力的將貝殼朝海洋扔去。

「他們用我五年級的時候犯的一件錯事衡量現在的我，那時候我才十一歲，現在我都已經十六歲了，我長大了，用十一歲時候的我，來比較已經十六歲的我，公平嗎？」阿國看著海洋，不知道自己為什麼要和這位才一起騎過二十幾公里路的人說這麼多。一定是被太陽曬昏頭的緣故。

林正義充滿同情的說：「一點都不公平，好像拿大象和老鼠相比。就算剛剛過去的那一秒鐘都不能和你現在做比較。」林正義覺得這句話好像是說給自己聽的。以前的自己不是真正的自己，當下才是。

「小學五年級的時候，我和學校的校工有了一些爭執，他說我吊兒郎當，這麼丁點兒大就學會抽菸，將來鐵定沒出息。我很

生氣，拿出口袋裡削鉛筆的小刀朝校工揮過去，在他的肩膀劃開了一道傷口……」

阿國又撿起一小塊貝殼用力的扔向太平洋。

「有時候我真想把這些人的腦袋剖開，然後洗一洗。」阿國忿忿的說。

「這種事你想忘記都不行。你那幾十個同學會幫你記得牢牢的，然後一有機會就將這件往事拿出來晾曬一下。記得的人重新記憶一遍，不知道的人得到一個新的八卦。」林正義苦笑著說。

「你有嗎？你有想要扔掉又扔不掉的記憶嗎？」

「有哇！我也做過一件錯事。我不只想要扔掉這段記憶，我希望我從來沒有做過那件事。如果現在時間能夠倒轉，如果可以這樣，我願意在明天死掉。」

阿國看著林正義露出詭異的笑。「看你那樣子會做出什麼事？你強姦人家女孩子？」

「才不是。我一定是給鬼拖去，才會做出這樣的事。」林正義說。

「你到底做了什麼？」阿國轉頭望著林正義，追問著。

「人的記憶體應該像人體的呼吸器官，吸入新鮮氧氣，吐出二氧化碳，再吸入新鮮氧氣，再吐出沒用的二氧化碳，這樣的循環作用，維持一個人的基本生命。過去的種種就像那些沒用的二氧化碳，排出體外，再迎接新的記憶進來。」林正義凝視著海洋悠悠說著。

「應該是這樣。但是，人還是會不停的製造不好的記憶。」阿國黯然的說。

燦爛的陽光照得沙灘上的細沙以及貝殼碎片閃閃爍爍，空氣中夾雜著鹹腥的臭魚爛蝦的氣味。兩人躺在洞口小睡了一會兒，又繼續上路。

阿國和林正義騎上澳花村的濁水橋，並排騎著。

「你這麼老了，應該累積不少一輩子都不想再記憶的回憶吧！」阿國的語調中帶著戲謔。

「什麼這麼老了？我才退伍兩年。」林正義不悅的說。

「人愈老製造的垃圾記憶就愈多吧！」阿國看著林正義說。

「這個世界上誰沒有犯過錯？誰會在犯一次錯之後就停止，從此不再犯錯？」

「有哇！孔子的學生，不貳過的顏回啊！」阿國說。

「所謂的不貳過，指的是相同的錯誤不會犯第二次。顏回只是不再犯相同的錯誤，並不保證他從此不再犯錯。」

「你最近一次犯了什麼錯？」

林正義沉默下來，只讓單車唧唧嘎嘎的響著。騎了約三百公尺之後，林正義才淡淡的說：「我偷了同事一萬八千塊，其實是一萬六千塊，另外那兩千塊是我自己的。但是，他們都不相信那兩千塊是我的。」

阿國驚訝的看著林正義：「你被逮到了？」

「嗯。」

「你被抓進監牢啦！」

「沒有。我被判了六個月刑期，但是我媽媽借錢幫我申請了易科罰金。」

「什麼是易科罰金？」

「就是你可以不用坐牢，但是得一天付九百塊錢給政府。」

「你為什麼要偷人家的錢？」

「我當時想，如果這些錢都拿去買樂透彩，也許可以中頭彩，花自己的薪水去買彩券，會心疼的，如果用別人的錢不管有中沒中，感覺就好爽。我以為不會被逮到，因為那只是兩秒鐘的動作，卻偏偏被逮到。所以不管你做了什麼，自以為天衣無縫，但是，你最後總是會被逮到的。」

阿國表情尷尬的望著前面的路，一種粗糙又尖銳的東西，鑽進了他的腦海，刮得他發疼。

一個大上坡，阿國和林正義一起牽著車子走。

「事情終於爆發出來了。因為那個審判長剛好是我的小學同學。她回家跟她媽媽講，她媽媽再跟別的同學的媽媽說，沒多久，全世界的人都知道了。」

「嗯。」

「好丟臉的事，我讓我爸爸媽媽沒法在村子裡住下去，他們都是老老實實的農民，怎麼能容忍親戚朋友鄰居一天到晚批評自己的兒子是個小偷？」

「我老爸一天到晚在外面毀謗他自己的兒子沒出息、是個小流氓，我已經習慣了。我也努力實現他的願望，變成小流氓。」

林正義語帶哽咽的說：「你知道嗎？我媽媽是那種連一顆雞蛋都不願意占別人便宜的人。鄰居家的母雞不知道為什麼，老是喜歡跑到我家院子裡生蛋，我家院子到處是雞蛋，我媽媽就一顆一顆的撿起來，以市價的行情買下所有的蛋。我媽媽就是這樣的好人。她為我籌了十來萬，才擺平這件事。」

「她是個好榜樣，你真的讓她好丟臉。」

「但是，你知道，順手牽羊和一般的竊盜是不一樣的，我有沒有撬開別人家的大門進去偷東西？我沒有哇！但是起訴書上卻寫著竊盜罪。不應該這樣寫的嘛！是不是？」

「那有什麼不同？雖然過程不同，結果卻都是拿走別人的東西，造成別人的損失。」

林正義激動起來。「這有程度上的不同嘛！是不是？」

阿國鄙夷厭惡的看著林正義。「那你覺得應該怎麼寫？此人之偷竊行為乃是重度小偷、中度小偷、輕度小偷？」

林正義瞪了阿國一眼，將頭轉開。

「你知道嗎？我放火燒掉一個老頭子的便利商店，鄰居的一個小娃娃被濃煙嗆到，差一點死掉。」阿國的臉繃得很緊。

林正義瞪大了眼睛，用不可置信又鄙夷的表情看著阿國。

「小娃娃最後沒事吧？」

「他差一點就死掉了。我差一點變成殺人兇手。」阿國眉頭緊蹙，一臉心事。

林正義鬆了一口氣。「還好沒事，沒事就好。」

林正義不知該說什麼安慰阿國，他自己的心也是一片混濁，要安慰人家也得自己先沉澱吧！

「有人知道那把火是你放的嗎？」

「那個傅老頭知道，他什麼都知道。但是他還是送我這輛腳踏車。這輛腳踏車就是他送的，謝謝我救了他一條命。」阿國撫摸著單車。「我到他店裡偷了一包菸，被逮到，他要我寫三千字的悔過書，他說他的錄影機有錄到，我在他店裡寫悔過書的時

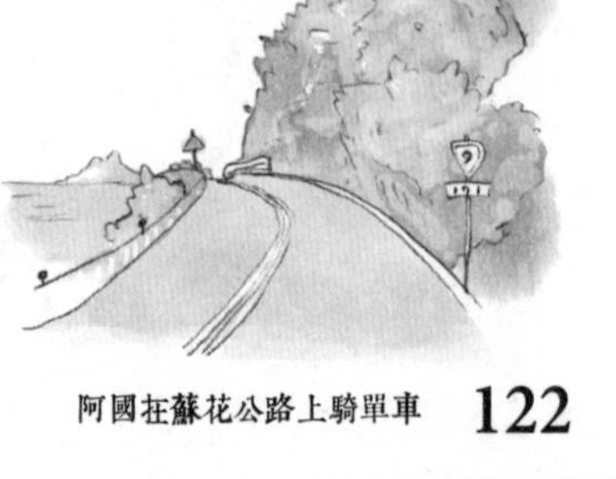

候，剛好有人來打劫，差點把他砍成兩半。是我救了他。我還把那個搶匪綁起來交給警察。」

「看不出來你這麼勇敢，如果是我，早就不知道躲在哪裡發抖了。」

「我真的不知道我為什麼要這樣做，也許見義勇為是人的本能吧！也許也許也許……也許我只是不想讓任何人在我面前死去罷了。警察局要表揚我，還要給我獎金，我都沒有要。我父親好生氣，罵我為什麼這麼光彩的事都不去？他說如果我不去，他就要打死我。打死我也不去。」

「傻瓜！你為什麼不去？有獎金耶！真笨，也許那筆獎金剛好就夠你買下一間便利商店賠給那個老闆。」

「我如果真的出席那個表揚大會，不如跳進太平洋死了算了。你怎麼那麼沒格調？我怎麼能去呢？」阿國厭煩的說。「這段日子真是他媽的糟糕，一下子是小偷、一下子變成英雄、一下子又變成縱火犯。」

「哈，每一個人其實都擁有多重身分，邪惡和善良，魔鬼和天使。」林正義冷笑著說。

阿國看著錶，若有所思的說：「再過三十分鐘，表揚大會就要開始了。」

兩輛北上的大卡車轟隆隆的引擎聲淹沒了阿國的聲音。

林正義褲子口袋裡的手機傳出「嗶嗶」的簡訊聲，林正義拿出來看了一下、放回口袋。

「你的手機可以借我一下嗎？也許還來得及阻止我老爸參加表揚大會。」

「收訊不是很好。你要長話短說啊！我沒太多錢付電話費。」

林正義靠路邊停下，把手機遞過去。阿國接過手機撥號，離開林正義五、六步遠的地方講電話。阿國講完電話，將手機還給林正義，面無表情的看著太平洋。太平洋呈現著多層次的藍，海面上有三艘漁船在作業；漁船行進，推起了白色的浪花，強烈對比著湛藍的海以及藍天。

「我怎麼會生出你這樣的兒子？真是作孽。你竟敢放火燒厝？萬一燒到隔壁無辜的人，你就算有八輩子都還不了。幹，猴死囡仔，你乾脆死在外面永遠不要回來算了！」老爸的咆哮在耳際嗡嗡作響。阿國凝重的神色，因為這個告白而稍稍得以鬆懈。

一列吉普車隊浩浩蕩蕩往花蓮方向駛去。阿國和林正義坐在護欄上，懶洋洋的看著來來往往的車輛。單車的把手折射著陽光刺向阿國的雙眼。一輛滿載西瓜的貨車停在他們面前，車門打開，跳下一個黝黑的中年人，抱了一顆西瓜塞進阿國的懷裡。

「送你們吃，涼快一下，我最欣賞你們這種不怕辛苦的年輕人了。不要客氣，今年雨水少，西瓜保證甜。」瓜農憨厚的臉龐露出靦腆的笑容。

阿國和林正義驚訝的連聲道謝。瓜農揮揮手，跳上貨車離去。

「怎麼會有這麼好的人？種西瓜很辛苦，我們應該跟他買。」林正義的眼神追逐著瓜農和車後的西瓜。

「你怎麼這麼婆婆媽媽啊！你看人家多豪爽，拿錢給人家不是破壞氣氛嗎？何況他有一車的西瓜。」阿國不耐煩的說。

阿國把西瓜往地上一敲，西瓜立即碎裂成許多小塊，他拿了

一塊遞給林正義。兩個人坐在地上吃起西瓜，吃到肚子撐。

阿國面對海洋，拉下拉鍊開始尿尿，尿液沿著水泥護欄流下。林正義一臉鄙夷的瞪了阿國一眼，「和平就快到了，你幹嘛在這裡尿，很難看耶！」

阿國拉上拉鍊。呼出一大口氣，「哇！爽斃了。你看見那根煙囪，以為很快就到啦！哈，你就忍著吧！等你膀胱爆炸都還沒到呢！」

林正義跨上單車先走，阿國也隨即出發。兩人中間的距離間隔了二、三百公尺。騎了約一公里的路程，林正義的速度慢了下來，他故意讓阿國超車，然後跳下腳踏車，在路邊小解。

阿國將單車調頭，在馬路上繞圈子，又放手騎單車表演特技。

「這樣在路邊尿尿很難看哪！有辱斯文。我是一隻小小小小小小鳥——」阿國嘻皮笑臉的故意調侃，並且唱起歌來。

林正義滿臉不高興的跨上單車，飛快的超越阿國；阿國不甘示弱，很快的又超越了林正義。

「來吧！咱們來一場單車競賽。」阿國亢奮的吼著。「我讓你三公里。」

「比賽？你贏了我這個傷兵，是一種恥辱。」林正義不屑的說。

阿國和林正義坐在便利商店前的台階上吃著冰棒，砂石車一輛又一輛南下北上，轟轟隆隆捲起漫天的風沙。兩輛腳踏車並排停在前面，沒多久就蒙上一層灰白的塵埃。

一個大約十六歲的大眼男孩，站在便利商店裡的櫥窗前，盯

住阿國的單車。他在店裡踱步，沒多久走了出來。他注意到阿國手上的第二支冰棒才吃了兩口，而且和林正義聊得正起勁。他踱步到阿國的單車旁，迅速拉過單車，跨上去，一溜煙的騎走了。

阿國愣怔了兩秒，站起來追了幾步，根本追不上。

「阿國，你這樣怎麼追得上，快點騎我的車去追啦！」林正義站起來，推著自己的單車跑向阿國。阿國扔掉手上的冰棒，跨上林正義的單車，一路唧唧嘎嘎的追上去。

幾輛大卡車經過，飛沙再度揚得半天高，阿國和大眼男孩幾乎淹沒在灰飛的塵沙裡。阿國騎得飛快，但是大眼男孩騎著他的好車跑得更快。兩人在和平村裡的巷弄裡繞了幾圈，大眼男孩發現無法擺脫阿國，便直接往南騎上蘇花公路。

出了和平，眼前就是一大段平坦的路，大眼男孩始終領先阿國三百公尺遠。一大段的緩上坡，大眼男孩的騎速明顯的慢了下來，阿國咬著牙氣喘吁吁的仍然拼盡全力在後頭追，他態度堅定、一副非追回自己的車不可的態勢。大眼男孩終於在緩坡上敗下陣來，他扔下單車，站在原地，擺出打架的姿態。

「你竟敢偷我的車，幹。」阿國騎著林正義的單車，直接衝撞大眼男孩。大眼男孩倒向山壁。阿國跳下單車，對著大眼仔就是一陣拳打腳踢，兩人扭打在一起。終於，大眼男孩體力不支的趴在山壁上，阿國喘著大氣瞪著他，高舉著的拳頭緩緩放下，拉起T恤下襬擦去一頭汗，阿國扶起自己的單車，檢查了一下，然後狠狠的瞪了一眼大眼男孩。

「你幹嘛搶我的單車啊！」

大眼男孩茫然的看著前方，有氣無力的說：「我想離開這裡！

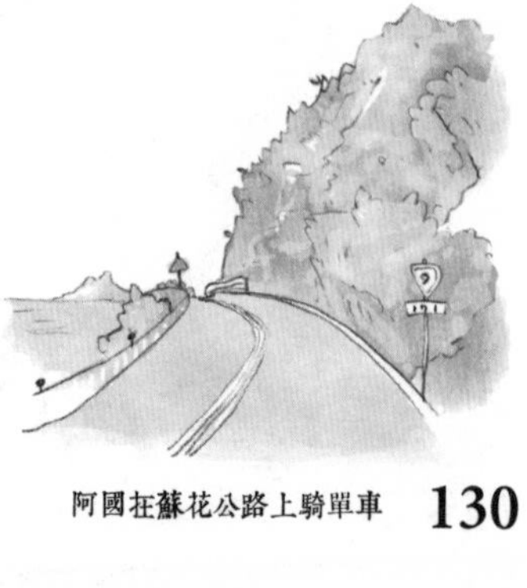

我想離開和平很久了。」

「想離開和平，你不會搭車啊！搶我的車？有沒有搞錯！」

阿國忿忿的說。

「那你幹嘛從蘇澳騎腳踏車去花蓮？你為什麼不搭車去，白痴。」大眼男孩一臉鄙夷的說。他站起來，拍掉身上的雜草，站在路邊，看看左右前後沒有車，走到對面馬路，慢慢往回走向和平。他站在對面馬路對著阿國大吼：「你知道嗎？每天從我家掃出來的灰塵，可以做一塊磚頭，如果我每天收集這些灰塵，不用幾年，我就可以用這些灰塵做成的磚頭蓋一棟別墅了。這種爛地方！」

「這個點子棒呆了，你為什麼不這樣做？搶我的單車！有沒有搞錯。」

「你他媽的是個大白痴！」大眼男孩憤怒的吼叫著。

阿國無法理解這個人為什麼這麼憤慨，他一手牽一輛單車，追向大眼男孩，把林正義的車推給他。

「拿去！」

「幹什麼？」大眼男孩不理會阿國，單車失去依靠，倒在地上。

阿國氣急敗壞的用單手扶起單車，左右手各牽著一輛單車，艱難的追向大眼男孩。阿國吼道：「你把我們的車騎出來，現在不用騎回去嗎？你叫我朋友怎麼辦？」

大眼男孩停下腳步，遲疑了一會兒，接過單車。

阿國跨上單車，緩慢的踩著，他的腳痛得要死。

「幹，你真狠，差點兒把我的腳給踹斷了，痛得我要死！」

大眼男孩也維持著和阿國一般的速度踩著單車。

「你們為什麼不搬離和平，這裡的環境這麼差。」

大眼男孩沉默又緩慢的踩著單車。

「你如果順利拿走我的車，你準備把它賣掉嗎？」

大眼男孩依然沒有說話。他身後因採礦而裸露的山壁，與藍天對應出一種不協調的畫面。

林正義朝著花蓮的方向走著，遠遠看見阿國和大眼男孩一前一後的騎著單車過來，他走到對面馬路等待。阿國和大眼男孩同時在林正義面前煞車，大眼男孩跳下單車，將單車狠狠的充滿鄙夷的推倒在地上，然後沉默的走向和平。一輛卡車往南行駛，再度揚起漫天飛沙，大眼男孩的身影在飛沙中若隱若現。

林正義和阿國並排騎在平坦的路上。

「還好，你騎得快，否則你的寶貝腳踏車就不見了。」

「當時那個傢伙騎在我前面，我心裡想，如果讓我追上，非要折斷他的手不可。我一邊騎，一邊想著如果我失去這輛單車會如何？一定心疼死了。」

兩人沉默的騎了好一會兒，心裡想著同一件事。

「我曾經和阿基一起偷過一輛機車，我們騎了一天，就隨便扔在路邊，一點也不在乎。因為那不是我的東西，我們才不會覺得心疼。但是，我今天我看見那個搶走我單車的人，好像看見自己……」阿國平靜的說。

林正義苦笑著。

「如果你掉了一萬八千塊，一定也心疼死了。」

「是一萬六千塊。另外兩千塊是我自己的。人在做許多事的時候，出發點都是為了自己，如果每個人都會在關鍵時刻想到別人的感受，那這個世界就沒有罪犯了。就像剛剛那個偷你腳踏車的現行犯，他根本不會想到，這輛單車對你而言有多重要。」

阿國會意的笑著，他看看林正義，也許他不懂吧！

連著兩輛砂石車經過他們身邊，塵沙又漫了過來。阿國厭煩的吐了幾口口水。

「唉，這個和平村是資本主義社會運作下的一個悲劇！」林正義感嘆的說。

「因為灰塵太多嗎？」阿國不解的問道。

「五、六年前吧，政府宣布西部地區的水泥全部禁止開採，和平就被規劃成水泥專業區，當時用非常非常高的價錢強制徵收和平村原住民的保留地，哇！那時候和平村一夕之間成為台灣最富有的一個村鎮，全世界賣車子、賣房子的商人全擠到這個地方來，結果呢，這些原住民的錢很快就花光了，到頭來，錢沒了，土地也沒有了，剩下一大片掃也掃不完的灰塵。」林正義口沫橫飛激動的說著，「這種以企業為本，忽略人民生活空間、自然環境保存的政策，就是典型的資本主義社會。」

「你怎麼知道這些事？」阿國好奇自己為什麼不知道？

「那時候我在當兵，我有一個哥兒們就是和平人。我們曾經一起放假回和平，頭綁白布條，抗議和平成立水泥專業區。」林正義憤慨的說：「但是一點用也沒有啊！」

阿國回頭看了一眼，和平村籠罩在一片灰濛濛的塵灰中。

阿國想到大眼男孩，胸口一陣揪緊，說不出為什麼突然覺得

想哭！

一路蜿蜒的蘇花公路貼著中央山脈山壁，各種顏色的車輛一輛接著一輛的在公路上奔馳。林正義停下來，將T恤緩緩的捲到胸部，然後凝視著遠方的公路，興奮的對阿國說：

「阿國，你看，蘇花公路，其實就是中央山脈裙襬上的蕾絲花邊。你瞧，各色各樣的汽車穿梭來往，還是條摩登彩色的蕾絲花邊。」

阿國朝林正義指的方向望過去。「哈，蕾絲花邊？哈哈，中央山脈這麼雄偉，是雄性的，穿著蕾絲花邊不是很娘娘腔嗎？」

「中央山脈應該是女的，也有好多女生長得很雄壯威武的。哎，阿國，我們自己創造一個神話給她，也許以後就變成流傳千古的神話咧！我們一定要把創造這則神話的內容跟經過記錄下來，做為傳世之寶，讓後人了解神話就是這樣創造出來的。」

「什麼神話？」

「台灣很奇怪，隨便不知道哪裡滾來一塊大石頭，沒多久，這塊石頭就莫名其妙的有了自己的故事。什麼神仙變的啦！仙女下凡啦！孝感動天啦等等。蘇花公路這麼偉大的公路應該要有自己的故事。」

阿國仰頭看著中央山脈，再看看公路，再看看海岸。

「從前從前，有一個女神，一年到頭橫躺在台灣島的中央，穿著一件長長的及地的綠色長裙。女神覺得，要是她的長裙能加點蕾絲花邊一定會更美麗……」

「哇！這個開頭真是太棒了。繼續繼續……阿國，我們正在

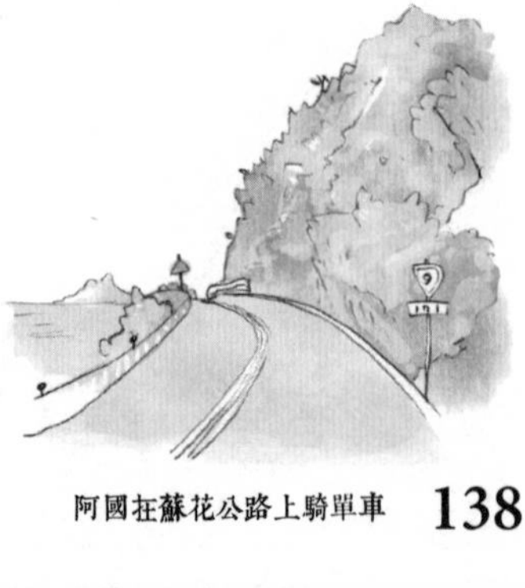

創造歷史，很多年很多年以後，人們經過蘇花公路，這個傳說會不斷的被歌頌、傳唱，最後他們會發現，這個美麗的傳說是兩個騎單車的男孩創造出來的。」

阿國的目光被遠方吸引。「哎，你看前面。」林正義順著阿國的目光望去。

遠處出現另一個騎單車旅行的人，是一個曬得黑亮的外國女生，她的裝備多得驚人，後車輪兩側掛了兩個單車袋，後座捆著一個睡袋，前輪兩側也披掛著兩個車袋。

林正義看著愈來愈接近的女騎士，莫名的緊張起來，趕緊將捲到胸部的T恤放下來，調整站姿，撥弄一下汗濕的頭髮，笑嘻嘻的迎接這個年輕女孩。

阿國發現自己汗濕的白色T恤緊貼著皮膚，露出兩粒黑色的小乳頭，他窘得趕緊拉開黏貼著皮膚的T恤。

「Hi, how are you?」女騎士邊說邊跳下單車。

阿國和林正義嚇得目瞪口呆：嘩！說英文的。

「I come from Spain. Are you going to Hua Lian or Su Ao?」

林正義結結巴巴指著花蓮方向。「I ……we……go……to……花蓮。」

「How long would it take to travel to Luo Dong?」

林正義吃力的說：「I……I……think…… it……4 hours.」

女騎士舉起四個指頭確認。「4 hours?」

林正義點頭。「Yes. Yes.」

三個人一陣沉默，女騎士看著太平洋，阿國和林正義也跟著她的視線望向太平洋。

「Thank you. This Su Hua highway is gorgeous.」

林正義和阿國同時傻笑著。女騎士從單車袋裡拿出相機。

「May I have a photo taken with you?」

「Photo? OK!OK!」林正義笑開了臉。

女孩從披掛的單車袋裡拿出三角架，架設好，三個人以太平洋為背景拍了三張照片，林正義還替這個西班牙女孩拍了幾張獨照。女孩揮了揮手後，跨上單車繼續她的旅程。

林正義望著女騎士遠去的背影感嘆著：「唉，真丟臉！答得亂七八糟。」

「你知道蘇花公路的歷史嗎？到底是民國幾年興建的？你應該告訴她一些關於蘇花公路的歷史，做一下國民外交。」阿國說。

林正義露出不可思議的表情看著阿國。

「什麼民國？是清朝的時候有個大官開闢的啦！那時候只是窄窄的人走的小路；日本人統治台灣的時候，修築成單向通車的公路，一直到民國七十九年才改為雙向通車。你有沒有在念書啊！民國？哈哈哈，笑死人了。」

阿國一臉不悅。「你又念得多好，英文還不是講得結結巴巴！」

「總比你一句都不會說好吧！」林正義得意的說。

阿國氣呼呼的跨上單車往南騎。阿國覺得喪氣，從國中開始，英文是他最頭痛的科目，考試沒有一次及格。但是經過那個女騎士的刺激，阿國下定決心要好好的練習英文。想到這裡，阿國隨即又精神抖擻起來，他開始幻想自己用流利的英文對這名來

阿國在蘇花公路上騎單車

自西班牙的騎士介紹蘇花公路的歷史，這個幻想稍稍彌補了剛剛說不出半句英文的窘境。

兩人高昂的鬥志隨即被一連串的上坡下坡折騰得像一只洩了氣的氣球。兩個人叫苦連天。在一個坡頂，兩人又停下來休息。

「我想我是沒辦法完成這趟環島旅行了。我就要累死、痛死了。」林正義摸著手臂上的傷，一臉痛苦的表情。

「我本來以為不就是在路上騎單車嘛！有什麼難的？沒想到會這麼辛苦。」阿國也一臉疲憊，「出發前，我們應該做做體能訓練的。」

「環島旅行結束以後，我要當一名作家。」林正義說。

「寫故事的作家嗎？」

「嗯。我在法庭受審的時候，有一個作家和一群校外教學的中學生就坐在旁聽席上旁聽。」

「哈哈哈，你也真夠倒楣的了。」

「阿國，一個人最好都不要犯罪，到法庭受審，是很恐怖的經驗。你想想看，你只是拿了人家一點點東西，就得忍受這樣殘酷的被參觀，還不能把他們趕出去。你不知道他們坐在那裡觀看，是抱著什麼幸災樂禍的心態。真是窩囊透了。人一旦到了法庭就失去尊嚴了。阿國，你真的要記住我的經驗。」

阿國覺得反感，將頭轉開。「我最討厭別人說教了。」

「這是我的切身之痛，我不是也不想對你說教。你想不想聽都隨便你。」

阿國拉起衣服擦汗，把剩下的水全部喝光。

「剛剛在和平忘了買水。」

「你去追那個大眼男孩的時候我買了。我們還有一瓶水。你知道嗎？那個作家還跑來問我，可不可以寫我的故事。」

「你答應她啦！」

「沒有。我沒有答應她。我的故事我要自己寫。但是，我不知道那個作家會不會寫，就算她寫了我也不知道。我覺得當作家很好，一天到晚寫別人的故事，這樣就可以忘記自己，我不喜歡當自己！」

「幹嘛當作家，每天寫作文不累死人才怪！」

「我媽和我姊老是逼我去找工作，我已經有偷竊的前科，很難找到工作了。」

「你可以成功當上作家嗎？那要很會寫作文才行。」阿國看著太平洋，「當作家的人一定很會描寫海囉！我們來練習一下，怎麼樣？看看你到底可不可以當作家？」

林正義轉身看海，絞盡腦汁努力的想要創造出一句好的形容詞，卻怎麼也想不出來，最後隨口搪塞了一句：「描寫是最難的了。」

「就是難才需要練習嘛！」

「我作文最弱的部分就是描寫了。描寫是最難的了。」

「那我們就來練習練習描寫。」阿國望著海洋，表情認真的說：「站在海邊，放眼望去，海闊天空，令人心曠神怡。」

「這哪是描寫啊！描寫應該是這樣，」林正義舉起雙手，假裝拿著一個照相機對著海洋，「把我們的眼睛當成照相機，把景物用文字沖洗出來。」

「這多難啊！我試試。」阿國將視線再度拋向大海，「這海的

藍有三個顏色，深藍、淺藍，還有淡綠色……這雲……這雲……哎喲，一點都不好玩，還好我根本就不想要當作家。」阿國轉身面對馬路。

「沒那麼簡單的。我也試試。太平洋像一顆藍色的寶石……」林正義支支吾吾的想了半天也想不出什麼來。「描寫是最難的了。」

三個比丘尼穿著土灰色的僧袍，背著同色系的背包，戴著斗笠，排成一列默默的往宜蘭方向走著。三個比丘尼看見阿國和林正義，臉上立刻綻放出燦爛的笑容。她們對他們揮手。阿國和林正義瞇著眼望著她們，也笑著揮手致意。她們對著他們喊著：「加油啊！」林正義和阿國齊聲揮手喊道：「你們也要加油啊！」打完招呼，一個往北一個朝南，又各自往自己的方向前進。阿國和林正義重新跨上單車，出發。

三個滑著溜冰鞋的大男生在對面車道往宜蘭的方向滑去，後面跟著一輛藍色的廂型車。其中一個戴著紅色安全帽的男生，熱情的對他們喊道：「加油啊！」

「你看，蘇花公路真是充滿活力的一條公路啊！」阿國笑開了臉。他突然為自己在蘇花公路上騎單車的勇氣驕傲起來。阿國意氣風發的站起來大叫一聲：「走囉！前進花蓮。」

「這條公路上，什麼人都有。」林正義說。

阿國在林正義身後扯著嗓門問：「你寫過悔過書嗎？」

「沒有。我一直都很守規矩。我覺得警察應該去調查這個人從小到大的紀錄，如果連一張悔過書都沒有寫過，就應該撤銷他的前科紀錄。我才二十六歲，就要背著這個紀錄走一輩子，真是

不公平。」

阿國看著林正義的背影，臉上出現厭惡的表情，覺得他這個人真是有點莫名其妙。「你說這話是什麼意思？照你這樣說的話，我從小到大已經寫了數不清的悔過書，早該打下十八層地獄了？」

「我不是這個意思。」

「那你是什麼意思？」

「我的意思是，那只是一個參考值，參考這個人其實沒什麼犯罪的意圖，只是一時迷失……」

「所有的犯罪者，不都是一時的迷失。」阿國說。

「有人犯罪是蓄意的，卻拿迷失當藉口。」林正義反駁。

阿國沒有留意車子的前輪已經逼近林正義的後輪，以致於前輪卡上了林正義單車後輪的齒輪，兩輛車子糾結在一起，摔倒在路上，恰好一輛汽車經過，驚慌閃躲。

林正義吼著：「你不要靠我這麼近嘛！我們剛剛差點被車撞死。」

兩人狼狽的牽起單車停靠路邊。阿國心疼的檢查車子受傷的狀況，發現前輪的一條鋼絲歪了。林正義的車經這麼一撞，又掉鍊了。他蹲下來將鍊條歸位，弄得一手油汙。

「糟了，這根鋼絲撞彎了。」阿國心疼的說。

林正義探頭看著：「歪了會怎樣？」

「車子的任何一個構造都有它存在的道理。鋼絲歪了，車子會失去平衡，煞車就會有問題。」

「這麼嚴重啊？這麼小的鋼絲。」

「還好不是太嚴重。這些鋼絲原來的受力都很平均，如果有一根斷掉或是歪掉，車子就會有問題。」

「沒問題嗎？」

「應該沒事。」阿國繼續檢查煞車、齒輪。

林正義兩手在山壁上摩擦，試圖抹去油汙。

「你等一下不要再靠我那麼近，危險得要死。」

林正義慎重警告阿國的口吻讓阿國很不高興。「你自己也要看一下後面的車子，騎這麼慢，你叫後面的人怎麼辦？」

「總之，後面的人要保持安全距離。」

兩人沉默的騎了幾分鐘，林正義的單車唧唧嘎嘎的響著。

「你剛剛說有人犯罪是蓄意的，你的意思是說，我放火燒了便利商店是蓄意的？」

「難道不是蓄意的嗎？縱火是重罪，最重是無期徒刑，就算你是未成年都還是會判很重的刑責。但你很走運，那個老闆很清楚的知道那場火是你放的，但是，他不但沒有告訴警察，還送你這輛腳踏車，謝謝你救了他的命。他不想你被判刑，怕會毀了你的前程。」

「別人做的事都是蓄意的，你就不是？」

「我很清楚我自己不是。」

「你說那什麼話？你又怎麼知道別人都是蓄意的？你怎麼判斷自己的猜測是對的？」

「可以透過觀察……」

阿國瞪了一眼林正義，懶得多說。

林正義重新跨上單車，他警告阿國說：「拜託你，不要靠我

太近。」

林正義才往前騎了一百公尺就不慎撞上一個坑洞，綁在後座的礦泉水掉下來滾到馬路中央，緊跟在後面的汽車立即輾過它。兩人都看傻了眼。

「那是我們唯一的水。」

「沒關係，到了崇德再買水喝。」

阿國和林正義同時往前方望去，前方的道路貼著山壁一路延伸，看不到盡頭，令阿國覺得異常的口渴。兩人疲累的踩著踏板，全身曬得通紅疼痛，連嘴唇也曬傷了，阿國覺得自己像一條離了水的魚，眼看就要渴死在陸地上了。怎麼辦？前不著村後不搭店。

「我們攔一輛車討些水來喝吧！否則我們很快就要渴死、曬死在蘇花公路上了。」阿國提議。

「你不能忍耐一下嗎？我看就快要到崇德了。跟人家討水喝，多丟臉！」林正義不同意。

「有沒有搞錯？你不敢跟人討水喝？你覺得這樣很丟臉？討水喝怎麼會丟臉？這是求救啊！」阿國瞪著林正義。

「你這樣看我什麼意思？求救？你下一秒鐘就要死了嗎？你覺得我已經做過比討水喝更丟臉的事了，為什麼現在卻不敢討水喝，是不是？」

「我沒有這樣說。」

「你就是這樣想。」

「你很煩耶！」

「沒錯，我真的覺得討水喝這件事很丟臉。但是，你不能用

我當過小偷這件事的丟臉和跟人家討水喝的丟臉相比……不能因為都是丟臉的事，就拿來比較。」

「你做過小偷有什麼了不起？我也偷過東西……」

「你偷過東西？我一點都不意外，你有被逮到嗎？你有被拖進法庭進行沒有尊嚴的審判嗎？」

「有沒有被逮有什麼差別，反正都是個賊！」

「我不許你用那個字！」林正義憤怒的說。

阿國挑釁的說：「那個字？賊嗎？」

「我不是賊！我告訴你。我不喜歡那個字。」林正義嚴厲的警告阿國。

「你就這麼在意別人對你的看法嗎？那你一輩子活在別人嘴巴上好了。」

「你就不在意嗎？你還不是一樣介意別人拿五年級時候的你，來看現在的你。」

「不一樣的東西怎麼可以放在一起比？」

「如果你縱火被逮，雖然你是青少年，你一樣會被判重罪，然後留下縱火的前科。你比較幸運的是，便利商店的老闆沒有跟警察說是你幹的，你不會被拉去法庭進行沒有尊嚴的審判，所以你不會有前科。」

「你一定很希望我和你一樣有前科。你去跟警察說那把火是我放的好了，那樣我就跟你一樣有前科紀錄，你心裡就會平衡一點，是不是？前科、前科，我一路聽你說前科就夠了，聽得夠煩了！我不想跟你一起騎了。」

阿國往前騎，卻突然想起什麼似的將單車擋在林正義面前，

繼續發飆：「你乾脆寫信給總統，像你這樣一個循規蹈矩的人，不小心偷了別人的東西，是不應該留下紀錄變成前科的；你威脅總統，如果不刪除你的犯罪紀錄，你就會變成更可怕的累犯，然後把台灣島整個給炸掉。」阿國停頓一下，繼續說：「如果可以，我真想把你和你的腳踏車一併扔進太平洋，讓你和你的『前科』一起沉入太平洋。你就和『前科』這兩個字一起騎過蘇花公路好了。你走哇！」

「你以為我就想跟你一起騎單車嗎？哼，我從上蘇花公路開始，我就打算一個人騎車。哼，你真是太抬舉自己了。你做過的壞事比我嚴重一百倍，你有什麼資格說我？你偷竊放火，差點害死小娃娃，或是更多人，你才應該沉入太平洋讓鯊魚吃掉。」林正義輕蔑的說。

「我有像你這樣嗎？你敢做不敢當，前科明明是你自己製造的，像這樣怪東怪西，一天二十四小時都在懊悔有什麼用？可以讓事情重來嗎？白痴！像你這樣敢做不敢當，簡直就是孬種。」

「我是孬種？那你是什麼？你呢，細漢偷牽牛，大漢就放火殺人啦！」林正義也不甘示弱的反擊。「我在乎前科，是因為我知道反省，我還有良知。」

「這樣就表示你有良知嗎？每個犯人被逮到後，嘴裡一直說後悔，這就表示有良知嗎？我沒有說出來就表示我沒有在反省嗎？何況你是我什麼人，我必須對你反省？莫名其妙。你和大多數人一樣，用我的前一秒鐘來斷定我的將來，所以，你也一直用你自己的前一秒鐘來看待自己。你和其他大多數人沒有兩樣，勢利眼啦！」

阿國氣呼呼的跨上單車便往前衝去，一輛大卡車在阿國身後按了一個響亮的喇叭，阿國嚇得全身像是觸電般的痙攣，慌亂中龍頭晃轉了幾下，接著一個踩空，連人帶車往右側山壁傾倒，右肩膀撞向山壁，右手臂擦出兩道約十公分的血痕，右腿也被腳踏車的齒輪劃出一道長長的傷口。大卡車司機探出頭看了一眼，沒有半句道歉就呼嘯而去。

林正義慌張的大叫：「你找死啊你！」

阿國賭氣的扶起單車，檢查單車的傷勢。手腳的傷口湧出鮮血。林正義從車袋裡拿出南澳買的藥水、紗布，要幫阿國擦藥，阿國賭氣的躲開林正義伸過來的手。

「傷口不包紮起來，髒東西黏在傷口上會發炎的。」

「你不用管我，這一點傷死不了！你走開！」

林正義愣了幾秒鐘，收起藥水，跨上腳踏車走了。阿國看著林正義落寞的背影，心裡有點懊惱。他將視線拋向太平洋，太陽漸漸西下，湛藍的天色轉淡了，海的顏色也跟著轉變。

阿國再度感覺到嘴脣和喉嚨的乾裂，彷彿只要從喉嚨裡輕輕的哼一聲都會因為摩擦而著火；手腳上的傷口因為汗水的滲入刺痛加劇，真是活受罪是吧！阿國的嘴角露出一種自嘲的笑容。

阿國站在路邊，看著一輛又一輛的車子經過，每一輛車都在阿國身旁掠過一陣風。阿國決定不攔車了，就讓自己一點一滴的體會身體的乾涸吧！他賭氣的跨上腳踏車，他倒要看看還有什麼比口渴、比鹹濕的汗水不斷滲入傷口還要痛苦的，他也想試試，身體和心理上的折磨，到底哪一樣讓人承受不住！

阿國有氣無力的踩著，正打算就這麼渴著熬到崇德，心想總不會渴死人吧！這時一輛銀色的裕隆緩緩的跟在阿國身旁行駛，車窗搖下來，一個小姐遞出一瓶礦泉水。「小弟，好辛苦喔！喝瓶水吧！」阿國露出微笑接過水，說了聲謝謝。那名小姐臨走前對阿國做出握拳加油的手勢，「加油！」讓阿國感動得想哭。

阿國喝了一半的水，另一半則小心翼翼的綁在後座，重新跨上單車。

阿國一個人騎在蘇花公路上，進入不知名的隧道，南下的車道出現了堵車的現象，一輛接一輛的車陣不知從哪裡延伸過來，北上往宜蘭方向的車道一輛車也沒有。阿國心裡一陣慌張，不會吧！不會是林正義那個不會騎車的笨傢伙在前頭讓車撞了吧！阿國將單車騎到雙黃線上加快速度往下衝。

阿國腦海裡浮現林正義發生車禍的景象：汽車將腳踏車撞得稀爛，林正義全身是血、橫躺在馬路中央，阻礙南下北上車輛的通行。

林正義，你不會為了那個討厭卻又擺脫不了的「前科」而選擇自殺吧！如果這樣，你簡直笨得可以。你不想讓「前科」跟著你，完全可以自己作主的，就像我不想讓縱火那件事一直浮現，我就可以讓它不出現，只要我們都堅信「前一秒鐘的自己已經死亡」就可以了，是不是？

阿國將單車騎到車道中央的雙黃線上，加快速度往下衝。阿國衝出隧道又往前騎了二千多公尺，一個大彎道後，眼前出現了怵目驚心的畫面：一輛砂石車打橫斜躺在馬路上，壓住一輛紅

色汽車的車尾，阻擋了所有北上南下的車輛。車上的砂石傾瀉下來，在地上堆起一個金字塔小山。卡車司機打赤膊走來走去講著手機，語氣聽來氣急敗壞。紅色汽車的駕駛則傻傻站在被壓扁的汽車旁邊，不知所措。許多汽車駕駛紛紛下車觀看，無奈的嘆氣說：「這下糟了，晚上得在蘇花公路上過夜了。」

阿國看見林正義臉色蒼白的站在一旁看著，懸掛在喉頭的一顆心總算回到原來的位置。阿國在林正義身旁煞車。林正義轉頭看了阿國一眼說：「它就在我面前砰一聲的倒下來，距離我只有一百公尺。我的車速如果再快幾秒鐘，我就被它給壓死了。」

阿國看見林正義說話的時候嘴唇還微微顫抖著。

「那一定是一個恐怖的經驗。」阿國了解的說，並且把剩下一半的礦泉水遞給林正義。「給你。壓驚。」林正義接過水，打開瓶蓋咕嚕咕嚕的喝個精光，最後林正義滿足的拿起礦泉水瞧著瓶身的標籤，「真好喝的水，這是什麼牌子的？」

阿國意會這句雙關語，嘴角露出淡淡的微笑。林正義重新從車袋裡拿出紗布、藥水，示意阿國要幫他包紮，阿國側過身子讓傷口對著林正義。

林正義開始為阿國擦藥、裹上紗布。「我傷在左手左腳，你傷在右手右腳，我們如果玩兩人三腳的遊戲，一定很像木乃伊。」

離開了亂成一團的車禍現場，雖然溫度下降了些，阿國仍覺得自己全身發熱，身體彷彿著火一般。

「那輛砂石車沒那麼容易移走吧！現在整條馬路都是我們的了。萬歲！」阿國興奮的吼叫著，他放掉把手平舉著雙手，玩耍

著單車的特技。

阿國和林正義並肩騎著，好長一段路都聽著林正義的車子發出嘎嘰嘎嘰的聲音。

「你覺得我應該去投案嗎？」阿國語調平和的問。

林正義停頓了幾秒鐘後說：「那麼做沒有意義。何況老頭子早知道是你幹的，而他也沒有怪你，我想他是用心良苦。如果你去投案，他的便利商店才是真正的燒個精光，連他的一片好意都燒成灰燼了。」

林正義抬高臀部，扭了兩下屁股：「聽說常常騎單車的男人，會生不出孩子。」

「為什麼？」

「因為長期壓迫陰囊會導致精蟲減少……」

「真的嗎？我家附近那間腳踏車店老闆的爸爸生了一卡車的孩子……」

「修理車子和騎車不一樣嘛！管他是不是真的，反正我以後結婚不想要生孩子。」

林正義一個踩空；他低頭往下看，單車鍊條又脫落了。他把單車移到路邊，阿國也停在路邊，看著林正義修理鍊條。

「我姊姊家裡有兩輛單車，怎麼這麼倒楣就挑到這輛爛車。」林正義懊惱的抱怨著。

「你有女朋友嗎？」

「沒有。誰願意跟一個做過小偷的人交往。」

「你不是不承認自己是個小偷嗎？」

「我騙得了別人，騙不了自己。我再怎麼辯解，也遮蓋不了

事實。」

「你自己都說過『就算剛剛過去的那一秒鐘都不能和你現在做比較』。」

「但是關於前科這種東西，永遠也不可能變成過去的前一秒鐘。它會跟著你一輩子。況且每一個人都必須為自己前一秒鐘做過的錯事付出代價。」

阿國一陣沉默。

林正義修好車子，拿出衛生紙將沾了油汙的手擦了擦。兩人再度上路。

兩人來到台灣的八景之一——清水斷崖。他們站在觀景台上欣賞海景。

海岸邊的岩石上，有釣客在釣魚。

林正義指著海中央說：「當初那個葡萄牙水手就在那裡看著這裡，發出驚嘆：『噢！福爾摩沙。』」

「為什麼叫做清水斷崖？因為底下的水很清澈嗎？」

「不是，清水是一個日本中校的名字。清代的時候，蘇花公路只是人走的步道，日本統治台灣的時候，為了把蘇花公路拓寬成汽車可以通行的公路，就派了清水中校負責開鑿這條道路，這個清水中校開路開到崇德隧道附近斷崖的時候殉職了，不知道是被石頭砸死的，還是掉下斷崖摔死的。後來的人為了紀念他，就把這個地段稱為清水斷崖，然後我們後面這座山就叫做清水山。」

「你怎麼知道這麼多啊！」阿國問。

「大哥，我們出來旅行的，要做點功課啊！否則只是傻乎乎

的像個機器人一直騎車，等於白來了。」林正義得意的說，「歷史，其實就是蘇花公路的精神所在。」

「嚇！才誇你兩句，屁股就翹起來了。」阿國笑著說。他看著斷崖下的海岸，雙腳發軟，高度讓阿國感到暈眩。「從這裡摔下去必死無疑吧！」

「有三、四層樓高吧！」

兩人一度無語，只是靜靜的看著海面。許久，林正義才說：

「當我親眼目睹那輛砂石車在我面前倒下，一直到現在，我有一種大難不死的覺悟。」

「什麼覺悟？」

「當砂石傾瀉下來時，我的腦子裡浮現了『覆蓋』這兩個字，也就是說，我們可以用更強烈、更好的記憶，去覆蓋不好的記憶。」

「用更好的表現去覆蓋你的『前科』？」

「嗯，就是這個意思。如果我們一直都沒有特殊的表現，不好的記憶就會變得很囂張，老是跳出來搗亂。就像我時時刻刻都忘不了自己的前科一樣。」

「林正義，你會成為一個成功的作家的。一定會的。你剛剛說的話聽起來好有學問的樣子。」

「真的？你覺得我可以嗎？」

「當然可以。到時候你一定要把第一本簽名書送我。」

林正義傻傻的笑著。

「我有沒有告訴過你，那個傅老闆是退休的國文老師？他還是我爸爸的國中老師呢！」

「原來是國文老師啊！難怪這麼喜歡叫人寫悔過書。」

「他一定會喜歡你的。他喜歡所有會寫作文的人。我爸說的。」

阿國看見林正義下巴青色的鬍渣。「你幾歲的時候長鬍子？」

「高二。高二是幾歲？大概就是那時候。鬍子還沒長出來的時候，我和你一樣希望快快長鬍子，每天就學我爸用刮鬍刀刮鬍子。我喜歡聽我爸刮鬍子的時候，發出那種沙沙沙的聲音，聽起來好舒服。」林正義看看阿國的下巴，「你還沒長嘛！」

「應該就快要長了，我有預感。」

「哈！預感？長鬍子這種事也會有預感？騙肖仔。」

兩人離開清水斷崖，繼續前進。林正義的腳踏車唧唧嘎嘎的響著。

通過崇德隧道之後，天空已經抹上一大片橘紅的霞光。

「你聽說過政府要蓋一條高速公路從宜蘭到花蓮嗎？」

「啊！是嗎？要怎麼蓋？蘇花公路以後就沒那麼美麗了嗎？」

「哈哈，國道蘇花高速公路，當然是對中央山脈開膛破肚，然後創下一項世界紀錄——全世界最多山洞的高速公路。」

阿國震驚極了，他才剛剛愛上這條美麗的蘇花公路，怎麼就聽說她要被毀容了，不知是真是假，阿國的心情一下子變得沉重起來。

「就要蓋了嗎？」

「目前興建計劃是暫停了，但是不知道以後會怎樣。」林正義的語調裡透露著不安。

「怎麼會這樣？沒有人反對嗎？」

「怎麼會沒有人反對，我就很反對。」

「我都不贊成。」

兩人沉默的騎著。阿國頻頻回頭。

蘇花公路雄渾壯闊的景觀，浸染著橘紅的暮色，顯得異常美麗。

兩人經過一個又一個隧道，白晝趁他們通過隧道的時候迅速撤離，每次鑽出一個隧道，阿國就感覺天又暗了一點，到達崇德的時候，天的黑幕已經完全拉下了。

兩人騎在崇德街上，崇德的路燈已經點亮，沿路的商店燈火輝煌。

「明天早上起床之後，你要去哪裡？」

「我想跟你一起走。可以嗎？」

「我要從花蓮騎到台東、再騎回高雄耶！」

「是啊！我也想這樣騎回高雄。」

「但是，你好麻煩，你連睡袋都沒有。」

「只要睡袋嗎？那我去買一個。」

「你也沒有蚊帳，睡在學校你會被蚊子叮去當駙馬。」

「我可以點蚊香。」

「路也不是我的，隨便你愛怎麼騎就怎麼騎。」

「我會準備多一點的水。」

兩個年紀差了十歲的男孩，望著彼此曬得通紅的臉傻傻的笑著。

「哎，你那個穿長裙的中央山脈女郎的故事還沒講完，我們應該給她一個完整的故事。」林正義說。

「之前講到哪裡啊！」阿國問。

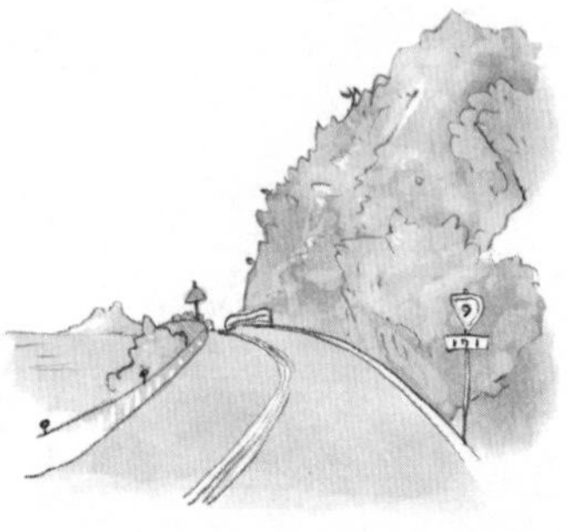

「講到她穿著一件長長的及地的綠色長裙，想在她的長裙下襬加點蕾絲花邊。」

阿國認真的思考了幾分鐘，還回頭看了幾眼中央山脈昏暗的山影，說：「於是呢，她就在東邊的山脈開了一條蘇花公路，方便北部和東部的人開著汽車來來往往，各種顏色的汽車和穿著各種顏色衣服的人在這條公路上來來去去的時候，就會形成一條不斷變換色彩的流動彩帶。這個女神，對於自己能想出這麼絕妙的點子，到現在每天都還在偷笑。」

林正義笑了起來。「一個女神是多麼高貴，你不能用『偷笑』這樣的字眼形容；你要說，女神每天都滿心歡喜的欣賞，並保佑在這條公路上南來北往的車輛和行人。」

「這樣子像是神話嗎？」

「當然像呀！神話就是這個樣子。」

兩輛腳踏車靠著馬路邊緣緩慢的往前推進，貼在座椅下的紅色警示閃燈，一閃一閃的警告後面的車輛小心前方，有兩輛單車剛剛完成蘇花公路的騎乘，正往花蓮的方向前進。

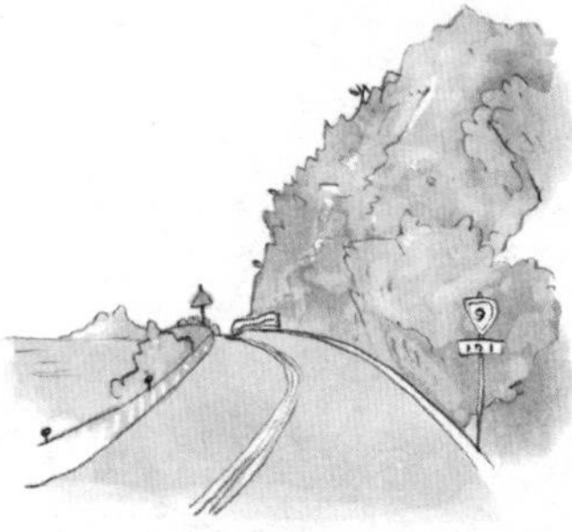

後記

阿國騎單車旅行歸來，風塵僕僕，全身黝黑，停在對面的街道，遠遠的瞧著梅園便利商店。梅園便利商店還在裝修，傅老闆在現場指揮。

阿國看見父親楊大發穿著公車司機的制服站在鋁梯上刷油漆。

傅老闆首先看見阿國，接著楊大發也看見了，傅老闆臉上出現一種似笑非笑、要笑不笑的表情，對阿國點點頭。

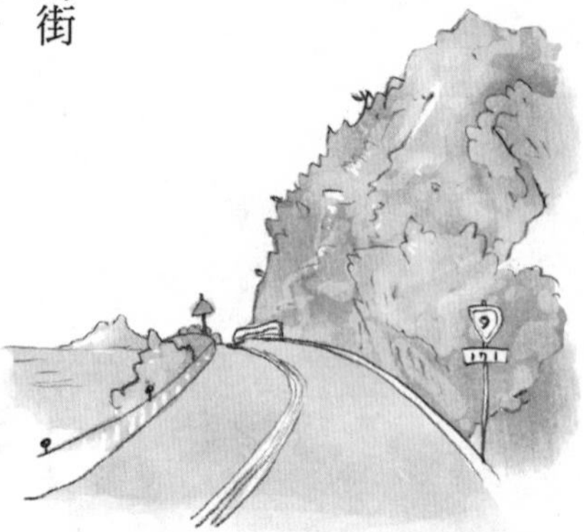

楊大發則對著阿國大吼：「這麼多天你是死到哪裡去？還站在那裡幹什麼？還不快點過來幫忙？」

阿國臉上展露笑容，牽著單車小跑步跑向梅園便利商店。

傅老闆從外面提著一顆西瓜回來，發現阿國和楊大發已經離開。傅老闆將西瓜放在桌子上，發現桌子上有一個信封，上頭寫著傅老師收。他將信封打開，裡面有一萬零三百塊、一張小紙條，還有一份六張稿子寫成的悔過書。傅老闆拿起小紙條讀著。

有一件事，我不說你一定不知道，那天，我從你的抽屜裡拿走了一萬三千塊。我如果不說，你一定以為那些錢也被火給燒了。我帶著這筆錢，騎著你送的腳踏車到花蓮去了，我把花剩下的錢放在信封袋裡還你。我的花費好少，只用了兩千七百塊，騎腳踏車根本就花不了多少錢。這些用掉的錢算我跟你借的，我開始打工後會還給你的。

傅老闆露出微笑，接著攤開稿紙，看著悔過書。

我偷了你一包菸，是我不對，我救了你一命，你還是堅持要我寫三千字的悔過書，就是你不對，你說是不是？你都是對的嗎？你用假的錄影帶騙我是你不對，我放了一把火燒了你的店，是我不對……總之這一連串的對對錯錯，都是因為我偷了你的香菸才造成的，所以，所有的錯都應該算我的。

你出院那天，堅持又固執的一定要送我一樣東西，要我自己

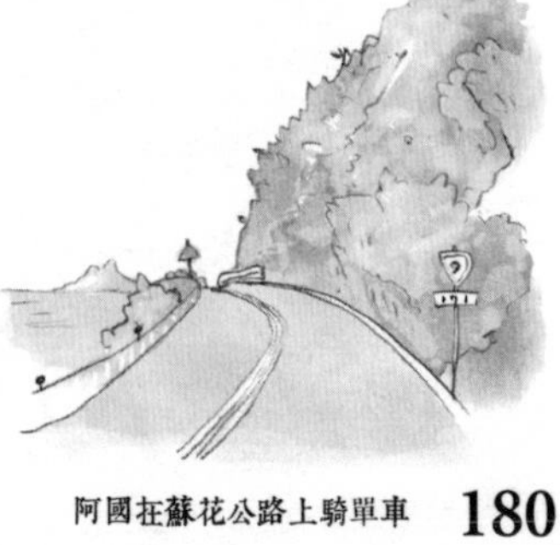

說。我說不要都不行。不想你這麼老了還生這麼大的氣，我想到那個騎腳踏車旅行的人，我很難說出為什麼，那個騎腳踏車旅行的人，讓我有一點點的感動。所以，我說我要一輛腳踏車。

我好喜歡這輛腳踏車。它真的好漂亮，花了你很多錢，不好意思。

我救了你一命，你送我一輛腳踏車。我毀了你的店，我也會還你的。要怎麼還，我還沒有想到，想到會告訴你的。

我真的在蘇花公路上騎單車。這是我十六年以來做過的所有事情中最有成就的事。不是每個人都能完成這段艱苦的騎乘的。林正義更了不起，他騎了一輛十二段變速的買菜車，竟然也順利騎過蘇花公路，他是個了不起的傢伙，你一定會喜歡他的，因為他說他以後想要成為作家。林正義是我在蘇花公路上遇見的一個帶著「前科」一起旅行的人。雖然他那婆婆媽媽的樣子有時候看起來好令人討厭，但是，他還算是一個好人吧！我真的很感謝這個傢伙，是他教會我關於「覆蓋」的道理。覆蓋，類似一種工程，用新的東西覆蓋舊的，讓舊的完全看不見，這種工程需要努力，也需要時間才能完成。

從花蓮回來那天，阿基來找我，他說要送我一輛機車，要我跟他一起去飆車。我懷疑那輛機車是偷來的。我不敢要。我說我已經有一輛很棒的腳踏車了，我還告訴阿基，騎腳踏車下坡衝刺的感覺，比飆車還要爽一百倍。阿基罵我白痴，他說，腳踏車衝下坡之後，不用再騎上坡嗎？我想阿基是不會懂的，如果阿基也願意去蘇花公路上騎單車，他就會明白，上坡之後一定會有一個下坡，下坡的低點之後一定會有一個上坡。上坡真的好辛苦，但

是熬過這段上坡，你就可以得到一個下坡當獎賞。如果照阿基的說法，有一個下坡，一直往下往下墜，最後墜落到地心去，那多可怕！上上下下、起起落落，雖然辛苦，但是有意思多了。這陣子發生太多事，我沒有辦法一件一件的告訴阿基，我覺得說了他也不會懂。朋友也不是每一件事都能分享的。

我答應老爸，暑假過後我就去上學！不是他吼我我才去。老爸的吼叫，向來都沒什麼用，看起來聽起來好像很嚇人，但是，你會知道那只是一種裝模作樣罷了！我希望每年的暑假都能去蘇花公路上騎單車。

明天，我要和挑戰單車隊到月世界去騎單車。你聽過腳踏車集體出動的聲音嗎？你一定沒聽過，那是一種巨大的嗡嗡聲響，彷如蜂群傾巢而出。這種聲音會讓我全身血液都沸騰起來。

推薦文——

放下愧疚，覆蓋前科，走出新的人生路

台灣兒童閱讀學會顧問 林偉信

人難免犯錯，如何面對過錯，尋求自我救贖，向來是許多文學與哲學作品所要處理的重要議題。由於這類議題的書寫常會牽涉到複雜的人性剖析，以及心靈的抽象描述，因此，如何以兒童的語彙及經驗，寫出讓兒童也能學習放下犯錯後的愧疚擔憂，重啟人生新路的故事，實屬不易。《阿國在蘇花公路上騎單車》可以說是這類議題寫作的極佳童書典範。

這本小說內容簡單、平實。它藉由原本互不相識、平行發展的兩位主人翁（阿國與林正義），為躲避犯錯後的社會壓力，修補心理創傷，各自踏上蘇花公路上的單車旅行，在不期而遇的交會中，相互做伴，彼此逐漸敞開心胸，面對過錯，檢討問題，最後終於放下犯錯後的愧疚與負擔。

書中，作者對於犯錯後的心理狀態，以及面對過錯的自我救贖過程，有非常精彩的描述。尤其厲害的是，作者在短短的篇幅中，藉由主角的自我敘說，以及事件發生的隱喻，向兒童傳遞了一些很受用的人生智慧。

像是在第一、二章中，作者透過兩位主角對犯錯行為的自我敘說，讓兒童看到，人難免犯錯，但卻都不是刻意或惡意，犯錯只是我們一念之間的迷失，或是把持不住誘惑的失誤。更重要的是，在犯錯的過程中，我們的良知還會不斷的提醒我們抗拒與掙扎、試圖重返正道。這種人性「向善」的觀點，讓這本少年小說增添了一些哲學反思的趣味。

其次，作者藉由兩位主角同行時的對話，也讓兒童了解，犯錯後，強烈的情緒反應（推責給別人、怪罪自己、深感羞愧等）常會干擾我們反省的機會。因此，要能有效的面對過錯，就要先處理好自己的情緒。而要避開情緒干擾、省思過錯，就如同書中所述，可以找人討論，一起檢討過錯，找出犯錯的真正原因。

最後，這本書最精彩的，就是作者在書末以譬喻的手法，對兒童指出犯錯後，我們可以做的努力——雖然，「我們再怎麼辯解，也遮蓋不了（犯錯的）事實」，但我們不能「讓不好的記憶變得囂張，老是跳出來搗亂」，讓犯錯的心情與前科的標籤，「跟著你一輩子」，所以，面對過錯，要像「沙石覆蓋」一樣，「用更好的表現去覆蓋你的『前科』」，努力活出好的表現，「用更強烈、更好的記憶，去覆蓋不好的記憶」。而在這過程中，我們的心情絕對是糾結、難受的，就像是騎單車爬坡，上坡時的努力是不輕鬆的，但當我們覆蓋前科標籤、走出新路時，心情就會像下坡般的輕鬆自在。

除了對「自我救贖」有精彩的書寫外，我們也會發現，這本書和作者其他一些作品一樣，都在處理一個共同的主題，那就是，作者常會讓她書中的主角處在一個不易改變，或是無法改變的人生困境之中（像是《我的爸爸是流氓》書中的主角困在家暴家庭之中；《悶蛋小鎮》書中的主角困在偏鄉、無聊的環境之中；而本書的主角則是困在已發生過的錯誤與愧疚之中），雖然，這些「困境」都不易改變，但是，主角們都不會屈服於既定的結構，讓自己陷在其中，不可自拔；反倒是對於自己未來的人生，試著重新面對，努力進行改變。

作家簡媜女士在她的近作《誰在銀閃閃的地方，等你》（印刻出版公司，2013）一書，〈版權所有的人生〉一節中，以一個很貼切的用語：「人生版權」，來對我們人生既定的一些限制、以及其後的選擇與實踐做說明。簡媜認為人生猶如寫作一般，雖然，人的出生背景或是行為的難免犯錯，生命文稿的第一章已被設定，但是第一章之後的文稿書寫（第二章、第三章……），卻還是可以由你自己全權決定，因此，每個人都必須對自己書寫出來、各有不同的「人生」版本負責任，無從推諉；也因此，在生活中，如何跳脫「第一章」的架構限制，對之後的人生內容繼續做出精彩的書寫，就更需要每個人多加用心思考與設想了。《阿國在蘇花公路上騎單車》這本少年小說藉由主角阿國在犯錯後，還能積極向善的尋求自我改變的努力與實踐，正可以說是引導兒童了解「自我救贖」以及「人生版權」這些觀念，最佳童書版的詮釋與說明。

推薦文——為懵懂的孩子留一扇窗

知名律師 呂秋遠

「大部分人不會在一早起床時就自言自語說，我今天要犯罪。但是，那天結束的時候，他真的犯罪了。」

這是一段讓我非常有感覺的話，因為大部分的青少年，都不會在懵懂的時候，就決定要成為一個大犯罪者，但是他的家庭與這個社會，卻就這麼看著他，一步一步的往犯罪的深淵前進，卻無法理解這個孩子他所面臨的問題。

阿國從來就不是個「注定的犯罪者」，或許這世上根本就沒有一個所謂「注定的犯罪者」，他只是一個平凡的孩子，他的本質善良，卻在雜貨店犯下了一個小錯，當我們認為他就是個無可救藥、不願意寫悔過書的不良少年時，面對搶匪，他竟然出手相救，意外成為了英雄。

在這部小說裡，阿國一直展現出他的矛盾性，而老闆也有他擇善固執的那一面。善與惡，在人性當中本來就不是絕對的，大多數的人性都在灰色地帶。當阿國決定離開那個地方，前往蘇花公路冒險，而且與另一個有著同樣困擾的少年結伴同行。在他們遠征的路上，逐漸培養出感情，最後洗滌了他們自己。

在青少年犯罪當中，絕大部分都不是十惡不赦的類型，有時候或許是出於戲謔、或許是惡意、或許是意外、或許是一時貪念，他們對於犯罪這樣的概念，大概都還很模糊。當我們把罪刑的烙印加諸在他們身上，很容易會變成另一種的歧視。雖然我們在青少年成年後，會塗銷他們當時的前科紀錄，但這種歧視仍然是無形的，當我們不願意給他們機會，展示善良的那一面，很快的他們就會被成年人的五光十色煽惑，變成另一個他們原本討厭的成年人。

我非常推薦青少年，甚至於父母可以一起閱讀這一本書。這本書的內容淺顯易懂，帶著花東的美景，與淡淡的哀愁。當我們閱讀完這本小說，可以思考的問題有很多，但是都會圍繞在一個核心焦點，也就是：當孩子犯錯時，我們應該給予什麼樣的教育？對於青少年的小奸小惡，我們是給予體諒、理解與指導，還是嚴厲的苛責、辱罵與懲罰？

當我們看完這本書，應該會得到某些跟原本想像不一樣的答案。或者是，我們可以帶著孩子，到花東去旅行吧！

推薦文——

人生永遠可以重新開始

作家、環保志工
李偉文

這是一本充滿畫面的小說，雖然阿國與正義都不算是英雄，但一樣得經歷「離家、冒險、返家」的成長過程。在大人眼中，阿國是個叛逆不學好的青少年，但是從另一個角度來看，那種自以為是，以及充滿嘲諷卻又不失幽默的口吻，也是這個階段年輕人的共同寫照。

我相信應該有不少父母師長跟我一樣，邊看邊為阿國捏一把冷汗，腦中一直想起法國導演楚浮拍攝的影片《四百擊》，電影裡那個本性善良少年，因遭受大人誤解而步步走向歧路的驚心動魄。

人雖然有向上向善之心，但是人的理智往往抵擋不了情緒的衝動，尤其對於掌控理性判斷而壓抑情緒暴衝的大腦前額葉尚未發展完全的青少年，真的很可能因為一念之差而做出自己會後悔的事。

深深了解人的理性與獨立思考都是關在書房才會存在的，當我們離開獨處的房間跟別人在一起，我們就變成環境的產物，情緒左右了我們的決定，往往我們會由所處的情境來表現我們的行為。

幸好阿國碰到了雜貨店老闆，一個退休的國文老師，這個生命的貴人，讓他有了脫離當下情境的機會，也就是損友阿基的影響，在邁向蘇花公路的旅程中，遇到另一個改變的契機，也就是同樣逃離當下難堪處境的青年林正義。

古代的和尚找不到人生答案時就會出門行腳，歐洲近代也鼓勵年輕人給自己一段長時間去流浪、去冒險，是的，走在路上比較容易想通一些事情，我們要給孩子一個在真實廣闊的世界中行走的機會，讓他們從肉體的辛勞，精神的困頓，從流汗、流淚，甚至流些血中，體驗到自己真實的存在。

旅程尾聲，背負著小偷罪名的正義，從蘇花公路隧道口一輛翻覆傾瀉的砂石車忽然悟到一個道理，覆蓋，可以用更好的表現去覆蓋以前的錯誤，也就是用更強烈、更好的記憶，去覆蓋不好的記憶。

這個覺悟對年輕人，甚至歷經滄桑的中年人來說，都是非常重要的，因為我們往往不小心就會陷入以為是萬劫不復的深淵，然後要嘛是退縮自傷，要嘛自暴自棄更加無所忌憚——反正爛命一條！

已發生的事實雖然無法改變，但是我們可以決定如何看待它，如何選擇下一步該怎麼走，就像阿國體會到，只要我們都堅信前一秒的自己已經死亡！

喜歡找原因的人類，常常會選擇用著名心理學家佛洛伊德的理論來詮釋自己的人生，因為以前我遭遇到什麼樣的處境或對待，所以形成了我現在這個模樣。這個因為……所以……的邏輯雖然很迷人，但是問題是，過去已發生，再也改不了，難道我們就注定如此嗎？

或許我們該選擇另一位心理學家阿德勒的看法，他認為人可以不斷重新設定新的目標，在每個當下重新做選擇，不管過去有什麼遭遇都無所謂，未來我們想做什麼事，想變成怎樣的人，都可以從現在設定目標與步驟去達成。

是的，沒有萬劫不復的錯誤，人生永遠可以重新開始，每個大人應該要給在成長路途中跌跌撞撞的孩子這樣的信心，當然，你也可以讓孩子自己閱讀這本小說而體會到這個可以改變一生的道理，最棒的是，當他們看完書後，或許也願意出門進行自己的成長之旅。

推薦文——

老朋友的新味道

資深兒童文學工作者
黃秋芳

《阿國在蘇花公路上騎單車》這本書，是我很喜歡的「老朋友」。

二〇〇三年，張友漁獲得新聞局最佳劇本獎；二〇〇四年，小說版《阿國在蘇花公路上騎單車》現身！很好看，很好笑，在很自然的日常中，慢慢生出一種從容的寬闊和熱血的溫度。

二〇〇六年，畢業於台大機械所的「超級文青」李志薔，拍了第一部劇情片《單車上路》，特寫出放火燒了別人房子的中輟生阿國和犯了錯的林正義，在絕美的蘇花公路上，沒有「過去」、也沒有「未來」，只能在「現在」，一直一直騎單車，直到遇到的一些人、一些事，大家都去了應該去的地方，成為極有個性的台灣第一部公路電影。

一轉眼，近十年過去。台灣在這十年間改變好多，阿國說：「愛河已經病入膏肓了，換上一百任市長，我也不認為能救活愛河。」但是，現在的愛河，真的活起來了。寧靜的白日，清新的河堤，熱鬧的市集，繁華的煙火，有時候，滿滿的水母擠進來和遊船湊熱鬧，讓人想起林正義和死亡錯身而過時，和阿國分享關於「覆蓋」的領略：「覆蓋，類似一種工程，用新的東西覆蓋舊的，讓舊的完全看不見，這種工程需要努力，也需要時間才能完成。」

十年前的時空，現在的我們；阿國做的事，林正義說的話；在這裡、那裡，遇到好多人、好多事，這些重複單調卻又繁複翻新的每一天、每一個畫面、每一個瞬間，糾纏在一起，讓我們在忽然浮起的轉折裡，發現到過去不曾注意的微光。

讀小說的樂趣，就是在這麼多的對應、聯想中，摸索著真實人生的參考、想像和調整。就好像這本書，藏著好多「作家」，熱烈又不受控制的寫出各種豐富的層次，讓我們在翻讀這個「老朋友」時，隨時嚐出許多「新味道」。

新書扉頁上的作者介紹，張友漁，一本正經的透過各種好看的故事，揮霍著她的熱情和專業。

在法院旁聽、做筆記的那位理平頭女孩，像每一個率性自由的靈魂，飄盪在每一個熟悉或不熟悉的生命場景裡，漫遊、追尋、失落，而又重新漫遊、追尋，再失落，文字，成為唯一確定的方向。

不想把自己的故事讓給平頭女孩的林正義，在結束單車環島後，他想成為一名作家，藉著一天到晚寫別人的故事來忘記自己的故事。無論喜不喜歡自己的故事，在尋找「覆蓋」的過程，剛好也為一段又一段「壞掉的人生」，付出修理、重整的心血。

深怕「每天因為寫作文而累死」的阿國，一出手，就是三千字悔過書，夠天才了吧？離開安定的生活，漂流在蘇花公路上，遇見不同的人、看著各種不同的選擇，所有他經歷的人生、看到的世界，一點一滴，都在重整自己做過的「壞事」，面對原諒他偷竊、放火，又為他買昂貴單車讓他去環島的便利商店老闆，這封長長的信，就是阿國最棒的作品。

便利商店老闆，退休前是國文老師，應該也藏著一個作家夢？在真實的人生裡，他用溫柔的心、堅定的意志，以及精巧的切入角度，重寫了阿國「生命故事」的結局。

我們自己，在閱讀同時，也成為這本書最獨特的作家，附注出我們自己的故事、自己的心情，和不斷出錯後，仍然有足夠的智慧和勇氣，繼續整理、微調的各種各樣嘗試和奮鬥。

慢慢的，我們就能了解，真實的人生，不是幾經修改的「完美劇本」，阿國從小到大寫了數不清的悔過書；從小守規矩的林正義，光一時走岔了路就得一輩子背著沉重的「前科紀錄」。不管做了什麼，最後總會被逮。我們就在這一次又一次「壞掉的人生」裡，體會到阿國最後感受到的：「上坡後一定有下坡，下坡後一定有上坡。上上下下、起起落落，雖然辛苦，但很有意思。」

二〇一六年的全新版《阿國在蘇花公路上騎單車》，透過不斷變動著的生活考驗，在從來沒有改變的時間累積裡，讓我們深刻感受到，擁有一本書，像一份恆溫保鮮的禮物，隨時可以提供樂趣和滋養；閱讀一本書，像打開一扇窗口，看見我們原來並不確知的遠方；反覆咀嚼一本書，像經營一段風乾後仍然馨芬的記憶，多年之後繼續回甘，仍然是一件最簡單又最棒的事。

蘇花公路的豆知識

東部道路的開墾，最遠可以追溯至清領時期，
經過時代的更迭演變，這條美麗又神祕的道路至今依舊在山與海之間蜿蜒，
等著旅人發掘那些關於它的有趣故事。

1. 蘇花公路的起迄點在哪裡？

單子——攝

早期東部客運仍有營運時，蘇花公路的起迄點為蘇澳的白米橋到花蓮市區的客運站，後來由於不敵鐵路的便捷性，客運站廢止，蘇花公路的起迄點便更改為蘇澳白米橋（104K+760）和花蓮的崇德（179K+100），現今蘇花公路全長共計74.34公里，為台9線的其中一段，也是書中阿國與林正義一起騎行過的路段。

郭香妙——攝

2. 蘇花公路爲什麼有死亡公路之稱？

依著海岸線興建的蘇花公路全線共有十二座隧道，這些穿鑿山脈而成的隧道只有雙向單線道，若貪快超車很容易發生事故。至於在隧道外的路段，大雨過後的落石坍方、盛載砂石的高速大卡車，都為這條公路埋下了危險因子，為提供東部居民一條更安全的道路，2010年決議進行蘇花公路改善計劃(簡稱蘇花改)。

4. 蘇花公路＝蘇花古道？

清領時期，牡丹社事件讓清廷意識到治理後山的重要性，派員來台開闢三條聯繫前後山的官道，其中北起蘇澳，南至花蓮水尾（瑞穗）的後山北路，即是現今所稱的蘇花古道。然而道路完工才不過短短兩年，就因為維繫不易而廢棄，如今只能憑著一些陷於荒煙蔓草間的遺跡，尋找前人開墾的痕跡。就歷史意義上，蘇花古道雖然是蘇花公路的前身，卻是兩條截然不同的道路。

3. 蘇花改會怎麼改？

蘇花公路改善計劃在2010年拍板定案，全長共計60.6公里，依照肇事頻率依以下三個路段為優先改善路段，分別為：蘇澳至東澳段（9.8公里），南澳至和平段（20公里），以及和中至大清水段（8.6公里），並計劃興建八座隧道。其中觀音隧道全長7.9公里，完工後，將成為國內長度僅次於雪山隧道的公路隧道。

黃育智（TONY）——攝

陳應欽——攝

5. 清水斷崖為什麼叫清水？

清水斷崖位於花蓮的崇德到和仁之間，因崖壁幾乎垂直入海的險峻景觀被列為「台灣八景」。據傳此名是為了紀念日治時期，負責開鑿臨海道路的日本中校清水，但又有一說，清領時期已有大清水、小清水的地名，所以應與後來的開拓者無關。究竟清水中校是真實存在，還是後人杜撰出來的人物，下回有機會來到清水斷崖時，不妨好好觀景遙想一番。

6. 一元紙鈔上的隧道。

呂秉軒——攝

民國五十年（1961）台灣銀行發行新版紙幣，紙幣上的圖像以介紹台灣各地的風光特色為主，其中發行量最廣、印刷數目也最多的一元紙幣，正面圖像就是取景自姑姑子斷崖的象鼻隧道。不過姑姑子斷崖位於日治時期所興建的臨海道路段，並非現今通行的蘇花公路，想要一窺象鼻的真面目還得攀爬過一段險峻的山路。同時期發行的五元和十元紙鈔上的圖像分別為鵝鑾鼻燈塔及西螺大橋。

史文展——攝

7. 從天而降的觀音亭。

在現今蘇花公路約147公里處，有一塊刻了觀世音菩薩佛像的巨石，但這塊石頭是從哪裡來的呢？1993年，蘇花公路進行彎道改善工程時，山壁上突然掉下一塊大石，卻沒有造成現場任何人傷亡，令工程人員嘖嘖稱奇。兩年後，在公路局及地方人士捐建下，在石頭刻上觀世音菩薩的畫像、搭建涼亭，保佑往來的人車平安，也成為當地一個獨特景觀。

8. 被包裝美化的愛國少女。

台北地方異聞——攝

日治時期（1938），南澳流興駐在所的警員兼老師田北正記接到徵軍令，十七歲泰雅族的少女莎韻·哈勇（日語：サヨン）為了幫老師送行不幸溺斃，當時的台灣總督因感念少女的愛國之舉，特別頒發「愛國乙女サヨンの鐘」表彰此事。但後人考據文獻發現，「莎韻之鐘」應為穿鑿附會的故事，目的在於激起日本與殖民地居民的愛國情操。

9. 一半的漢本車站。

席特曼——攝

漢本車站位於宜蘭的南澳鄉，是宜蘭縣最南端的火車站。清領時期興建臨海道路，此地位於全長約一百里的道路中點，故名「百里分」；到了日治時期，由於日文中的「半分」（はんぶん；Hanbun）為一半的意思，便從日文發音改為閩南語的寫法——「漢本」。漢本車站因為電影《練習曲》在此拍攝吸引許多人潮，也使得這個沒落的小站受到關注。

10. 阿國和林正義將中央山脈比喻成穿著蕾絲長裙的女神，若有機會來到這裡，你會怎麼形容眼前的大海？送他一句他會喜歡的形容詞吧！

少年天下系列 —— 030

阿國在蘇花公路上騎單車

作　　者｜張友漁

責任編輯｜李幼婷
插畫・封面設計｜霧室
內頁排版｜極翔企業有限公司
行銷企劃｜葉怡伶

天下雜誌群創辦人｜殷允芃
董事長兼執行長｜何琦瑜
媒體暨產品事業群
總經理｜游玉雪
副總經理｜林彥傑
總編輯｜林欣靜
行銷總監｜林育菁
副總監｜李幼婷
版權主任｜何晨瑋、黃微真

出版者｜親子天下股份有限公司
地址｜台北市 104 建國北路一段 96 號 4 樓
電話｜（02）2509-2800　傳真｜（02）2509-2462
網址｜ www.parenting.com.tw
讀者服務專線｜（02）2662-0332　週一～週五：09:00~17:30
讀者服務傳真｜（02）2662-6048
客服信箱｜ parenting@cw.com.tw
法律顧問｜台英國際商務法律事務所 ・ 羅明通律師
製版印刷｜中原造像股份有限公司
總經銷｜大和圖書有限公司　電話：（02）8990-2588

出版日期｜ 2016 年 5 月第一版第一次印行
2024 年 4 月第一版第十五次印行
定　　價｜ 280 元
書　　號｜ BKKNF030P
I S B N ｜ 978-986-92920-0-9（平裝）

訂購服務 ——
親子天下 Shopping ｜ shopping.parenting.com.tw
海外・大量訂購｜ parenting@cw.com.tw
書香花園｜台北市建國北路二段 6 巷 11 號　電話（02）2506-1635
劃撥帳號｜ 50331356 親子天下股份有限公司

國家圖書館出版品預行編目資料

阿國在蘇花公路上騎單車 / 張友漁文. -- 第一版. -- 臺北市：親子天下, 2016.05
206面；14.8X21公分. --（少年天下；30）
ISBN 978-986-92920-0-9（平裝）

859.6　　105003413

立即購買 >

有聲故事書